成长·悦读

冰心

儿童图书奖获奖作家作品

Bing Xin

ERTONG TUSHU JIANG
HUOJIANG ZUOJIA ZUOPIN

存在的另一种方式

蔡 楠◎著

中国书籍出版社
China Book Press

图书在版编目（CIP）数据

存在的另一种方式 / 蔡楠著. ——北京：中国书籍出版社，2013.7
（成长·悦读）

ISBN 978-7-5068-3636- 4

Ⅰ．①存…　Ⅱ．①蔡…　Ⅲ．①小小说—小说集—
中国—当代　Ⅳ．① I247.8

中国版本图书馆 CIP 数据核字（2013）第 158094 号

存在的另一种方式

蔡楠　著

丛书策划	尚东海　武　斌
责任编辑	牛　超
责任印制	孙马飞　张智勇
封面设计	红十月工作室
出版发行	中国书籍出版社
地　　址	北京市丰台区三路居路 97 号（邮编：100073）
电　　话	（010）52257143（总编室）　　　（010）52257153（发行部）
电子邮箱	chinabp@vip.sina.com
经　　销	全国新华书店
印　　刷	北京一鑫印务有限公司
开　　本	710 毫米 ×1000 毫米　　1 / 16
字　　数	210 千字
印　　张	11
版　　次	2013 年 12 月第 1 版　　2013 年 12 月第 1 次印刷
书　　号	ISBN 978-7-5068-3636- 4
定　　价	22.00 元

序

这是一套冰心儿童图书奖获奖作家的小小说作品集。看到这套书，就不能不先谈谈小小说。

从上世纪80年代中期开始，由于社会生活的变化，快节奏的现代生活，使人们在艺术鉴赏中，越来越注意审美经济原则，即以最少的时间获得最多的收获，因而在阅读上要求精练精短，从而催生了小小说的迅速发展。我国的小小说迅速从"创作现象"发展为"文体现象"，再演变为一种"文化现象"，构成了中国当代文学史上的一道亮丽风景。

最为打眼的现象，是小小说迅速走进了大学、中学，走进了中考和高考。

进入新世纪以来，中考、高考语文试卷基本都有"话题作文"，而"话题作文"最接近于小小说。

2001年，南京考生蒋昕捷的作文《赤兔之死》，获得高考满分，被选入南昌的《微型小说选刊》后，又被收入《中国微型小说双年选》一书。后来连续几年高考结束后，总有人说某考生的满分作文是抄袭或模仿某作家的哪篇小小说，以致闹得沸沸扬扬。若真要对这一频发现象刨根问底，得出来的结论只能是一个：小小说是学生喜爱、教师推崇、家长关注的一种文体，中学教育需要小小说。

据不完全统计，近年来，小小说被收入各类试卷与教辅教材的有上千篇之多，本套丛书的作者，均有作品被选入各类试卷与教辅教材，如：郁葱的《特别的生日礼物》（原名《特别的礼物》），被山东、河北、河南、辽宁、黑龙江、江西、云南、甘肃、福建等十几个省市作为中、高考语文考试阅读范文或模拟试题，2013年，天津滨海新区五所重点中学将该文选入高中毕业班联考语文试卷；亦农的《棋杀》，先后入选武汉市2008—2009年度九年级统考试卷、入选成都2009—2010年中考试卷、云南师大附中高考月考试卷，等等。

2009年，凤凰出版集团旗下的江苏文艺出版社，出版了南京师范大学凌焕新教授主编的《高考金榜作文与微型小说技巧》一书，对高考金榜作文与小小说的关系进行了梳理与考证，认为小小说对提高中学生的作文水平将产生立竿见影的效果。

由此可见，中国读者需要小小说，中国教育特别是中学教育更需要小小说。

然而，自上世纪90年代至今，已出版的小小说作品集，以及收入小小说的教辅资料浩如烟海，仅获"冰心奖"的作品集就不少于80本。其中哪些文学品质高，哪些适合中小学生阅读，应当是需要一套选粹本的。这套丛书就是根据此需要，从冰心儿童图书奖获奖作家的作品中，遴选出的既有较高文学品质，又适于中小学生阅读的精品力作。可以说，这套丛书，是发给中小学生的"特快专递"，是通往语文课堂的"直达快车"。有了这套书，语文老师在选用范文时，就用不着在浩如烟海的教辅资料中沙里淘金、"众里寻他千百度"了；学生看了这套书，在进入中、高考语文考场时，心里就不会"兵荒马乱"了。

中国文学的未来是属于青少年的。我希望这套丛书，能够为青少年一代提供文学的正能量，培育出更多热爱文学、热爱小小说的青少年读者和作者。

是为序。

金波

目录

Contents

成长·悦读

Contents

目录

Contents

目录

目录 *Contents*

存在的另一种方式

那是一段很糟糕的日子。工厂破产了，我下岗回家。我的几个同样下岗的哥们儿邀我一起开饭店、办歌厅、建桑拿浴室和洗头房什么的，都因资金短缺流产了，我只有在家赋闲。在家赋闲的日子就成了一段很糟糕的日子。

多亏了我还有一扇窗子，一扇可以遥望外面的世界的窗子。我整日坐在窗前看风云雷电看日月星辰看男来女往车密马稀，还有许多上班时不曾看到的故事。我住在一个新建的居民区的五楼。五楼是顶楼。我的对面还有一栋楼，也只有五层。我想我的对面是应该有一栋五层楼的，这很关键。

不知什么时候，我开始遥望对面的五楼，对面五楼房间，因为那长久没人居住的房间突然就生长了一幅墨绿色的窗幔。不错，是墨绿色的。我上学时曾胡诌过一首爱情诗，就叫《墨绿的日子》，所以我对墨绿很注意。可那窗幔却又不曾打开过。我不再看人世间风云变幻季节更替，我开始执著地遥望那墨绿的窗幔。这遥望成了我早晚的功课。

终于，在一个很亮丽的早晨，那墨绿的窗幔在我视线的逼迫下徐徐打开，像舞台上的大幕徐徐打开一样，接着便有一团赤红出现在窗前。是一个穿红衣服的女人！一个穿红衣服的年轻的女人！我从座位上弹簧一般弹起，贴近窗子的玻璃，眼睛用力捕捉着女人。女人有着好看的身材，好看的步子和好看的头发。女人打开了窗幔，开始梳理头发。一个长条镜就镶嵌在窗子上。

不会只有女人吧？我想，应该还有个男人。这么年轻的女人必定有一个英俊潇洒的男人陪伴。果然，在梳头女人的背后出现了一个男人。哎哟——怎么是这

1

样一个男人呢？矮且胖，年岁也大。那男人扳住了女人的肩。女人打了男人一下，继续梳头。男人踮起脚，将脸凑向女人，女人刚刚梳好的一头长发便又铺散开来，遮住了两个贴紧的头颅。之后，两个头颅便低下去，低下去。我再也看不到了。

妈的，臭胖子！我生气地骂了一声，猛地推开窗子。哗啦，一块玻璃便磕碎了，很清脆的一声炸响。妻子连忙从厨房里跑过来，心疼地摸着玻璃碴子，干什么你？不上班挣钱，还搞破坏。一块玻璃五六块钱呢！

嘿嘿，嘿嘿！我赔上一个笑脸，指一指对面问妻子，哎，你知道对面楼上住着什么人吗？

什么对面？什么人？妻子走到窗前向对面望了很长一段时间，打量打量我，说了一句神经病，就又进厨房去了。

我通过没有玻璃的窗子继续遥望。我清楚地看到那矮胖的男人已经开始整理衣服，然后走向门口，然后下楼，然后开上一辆小车走了。那女人却再没出现。

那女人呢？那穿红衣服的年轻女人呢？我探出身子睁圆眼睛努力遥望，墨绿的窗幔打得很开，望得见里面的卧室，还有家具什物，但没有那女人出现。

我决定去对面的五楼是在妻子吃饭上班之后。我从我们的五楼跑下，五四三二一，又从对面五楼跑上，一二三四五，然后摁铃。叮咚叮咚，出来的是一个穿皮袄的老太太。我问这是三单元五楼东门吗？穿皮袄的老太太点头。我问里面住着一个穿红衣服的年轻女人吗？穿皮袄的老太太摇头。我连忙跑下楼，五四三二一，又连忙跑上楼，一二三四五，我走到我家的窗前。没错，就是那个房间，墨绿色的窗幔还在。再去一次！我又下楼，上楼，摁铃。叮咚叮咚，出来了一个穿背心光屁股的小男孩。我问这是三单元五楼东门吗？穿背心光屁股的男孩点头。我问你妈妈是一个穿红衣服的年轻女人吗？穿背心光屁股的男孩摇头。

我知道出了问题。我只好慢慢下楼，五四三二一，又慢慢上楼，一二三四五。我进了我自己的房间，将自己沉重地放倒在床上。我已筋疲力尽，我想睡觉。当我这样想的时候，无边的倦意就迅速向我袭来。

妻子把我叫醒时已是中午。我醒来的第一件事就是走到窗前：咦？对面那墨绿色的窗幔没有了，有墨绿色窗幔的房间也没有了，甚至那五层高的居民楼也没有了。塞满我视线的是流经我们这座城市的一条波光闪烁的河流。

我高声惊叫起来。我一把拽过妻子问她，对面的大楼呢？五楼住的那穿红衣服的年轻女人呢？怎么都不见了？

一脸惊诧和疑惑就写在了妻子的脸上，什么大楼？什么女人？没有啊！

不对！明明咱俩还在一起看见了的。我还打碎了一块玻璃，是右边中间那一块！这样说着，我就用手去摸那没玻璃的窗洞。怪了，那玻璃竟然好好地安在窗户上。

怎么玻璃没碎呢？我这样问妻子，也问我自己。

那玻璃根本就没碎！妻子说，你是不是饿昏了？我想我们应该吃午饭了。

于是，我和妻子走到了餐桌前。

鱼图腾

现在，我就静静地游泳在白洋淀博物馆里。或者说，我就静静地游泳在玻璃橱窗里。我看着在我面前游来游去的游客。他们对我指指点点品头论足，甚至拍照摄像。我有些烦。我真想一个鲤鱼打挺儿，飞过这些人的头顶，飞出这座新建的博物馆。可玻璃和石头禁锢了我。我其实是在凭着千万年来的记忆游泳。

记忆是现代通向远古的一条通道。我常在这条通道里来回游动。在遥远的记忆里，没有石头、玻璃，也没有这现代化的建筑，只有水草连天的一片泽野，还有古黄河的冲积扇群。就让我从这泽野和冲积扇群说起吧。

那时，我是一条年轻的白鲤。我和我的同伴红鲤、黄鲤们就生活在这一片水草连天的泽野里。淀水澄澈，水草丰茂，空气细腻、湿润而清香。鸥鸟在葱绿的岛上鸣唱，声音把淀水震得发颤。我们就在这鸣唱里处变不惊地游来游去。我有时候还大胆地把身体晾晒在岛边。一只红嘴黑天鹅慢慢地靠近我，长喙啄着我白色的锦鳞，我的身体舒服极了。

我是听到妠水妠山的脚步声才匆忙跳进水中的。那脚步声急促而嘈杂。起初是一两个人的，后来便是一群人的。水泽边映出了他们身上脏兮兮的兽皮、乱糟糟的长发和手里高举着的棍棒、石器。这是一支氏族。他们是山顶洞人的后裔。他们是在远行寻找食物的途中迷路的。无意中他们发现了这片水域。那个叫妠水的女首领把脖子上的贝壳项链一下子就拽散了。她的声音随着那落水的贝壳，野花一样绽放开来，妠山，我们找到路了，这里就是咱们以后的路！

这还用说吗？这里也是咱们以后的家。被唤做妠山的男人早就跳进了水里。

4

他的衣裳像两片荷叶一样飞到了岸边，精赤粗壮的身体像块黑漆漆的石头砸得水面痛苦斑驳。他的身后是更多的石头一起砸来。男石头，还有女石头。一个氏族的所有的石头。他们都精赤条条地沉入了水底，又浮上了水面。他们变成了黑鱼，变成了黄鱼，变成了白鱼。而他们洗浴的那片淀水，已经变得浑浊和污秽。妘山洗干净了身体，洗干净了头发，上岸，拿来一截削尖了的木棒，一个猛子扎进了水里，又一个跳跃窜了出来。木棒上就插着一尾疼痛呐喊的鲤鱼了。妘山把鱼送到了正用骨针盘头的妘水的手里，然后在妘水的脸上摸了一把，又一个猛子扎进了水里。其余的男人如法炮制，他们的木棒上就都有了我的同类。我躲在深水的一块石缝间，才逃过此劫。

我看见他们就那么精赤条条着，上了小岛，点燃了一堆又一堆的蒲草。鱼们就在火里、在木棒上变成了食物。还有的等不及的，干脆就把活的鱼直接送入了嘴里。鱼鳞、鱼肠、鱼肚就很不雅观地粘在他们的血盆大口上。他们吃了鱼，有了力气，又向水鸟们发动了进攻。野鸭、野鸡、野鹭惊飞了半边天。鸟巢被他们捣毁了，鸟蛋成了他们的腹中食。就连行动慢的鸟儿，也没有逃脱他们的掌握。又是一堆一堆火起，鱼类的好朋友鸟类也焦糊了翅膀。那只红嘴黑天鹅拖着被击中的伤腿，黯然一声哀鸣，冲进云霄，没入了远天的苍茫……

这片水域真的成了这个氏族的家园。他们盖起了窝棚，建起了水寨，生起了儿女，过起了日月。而我们不得不向深水迁移。在迁移途中，别的鱼们都咒骂着这群恶魔，而我却在思考着一个问题：人类与我们鱼类不是天敌，也不是非以我们为食不可。我们应该成为好邻居，我们应该创造一种更好的生存方式。

于是，我毅然返回了我们那片原始的水域。我跳上了那个小岛。奇怪，当我踏上小岛的时候，我竟然变成了一个人的模样。我找到了妘水。她正在岛上采集野果，肩上还背着一个红嫩的女娃。妘山躺在一堆野草上嚼着草根。鸟们都飞走了，妘山捕猎的工具上已经布满了青苔。我对妘水打着手势，艰难地说着我的思路。我说，你们要学会种植，要种粟，种黍。我说，你们要学会养殖，要养猪，养狗，养牛。我说，你们要学会制造，要制造犁，制造杵。我说，你们要学会纺织，要纺布，织衣。我还说，你们眼里不能只有这个小岛，要走遍整个泽野，走遍整个冲积扇平原。妘水听懂了我连比划带说的话，她把那个女娃扔给了妘山，光着大脚板，甩着大乳房跑了。她吹起了石哨。不一会儿，整个水寨子的成员都聚集到这里来了。

妘水还要我说一遍。我已经不会说了。我跑到了小岛的边缘，跳进了水里。我又变成了一条白鲤。

后来，妘水带着她的氏族搬走了。搬到了岸上。他们按我说的做了。他们学会了种植，学会了养殖，学会了制造，学会了纺织。后来，又来了几个氏族。他们建起了部落。妘水让妘山当了部落长。后来，他们建起了这片水泽最早的浑渥城。

鱼们和鸟们就又回到了我们的泽国。我们在经历了那么多的伤痛之后，又恢复了往昔的平静。

可我已经不能平静。我想去看看浑渥城。我想告诉他们城市还要扩大，还要变迁，甚至还要灭亡。于是我又一次跳到了平地上。我在城里找到了妘山。这次我没那么幸运，妘山妘水没让我回到泽国。他们扣住了我，把我供奉在部落中心的广场上。从此，他们不再吃鱼。我就成了他们的图腾。

正如我所预料的那样。那座部落城数番沉降隆起，数番灭亡生长，终于变成了你看到的现代化都市。早已变成鱼化石的我，在千万年出土后，被当作宝贝送进了白洋淀博物馆。

秋风台

　　人们都叫我徐夫人。一个很女性的名字。但我是把匕首，是天底下最锋利最具毒性的匕首。

　　我是徐夫人铸造的。徐夫人也不是女性，他是个顶天立地的壮士。可惜他已经死了。他是闻名战国的铸造师。铸造师是不应该参与政治的。所以徐夫人造出我来，就跳进了铸造炉里。在他融化的短暂过程中，他的灵魂就移植到了我的身上，我也就成了新的徐夫人。

　　我被燕太子丹从赵国带到了燕国，交给了荆轲。我知道荆轲是另一个壮士。但我来到燕国，看到的却是另一个荆轲。他那时候已经被太子丹拜为了上卿，整天住豪华公馆，食美味佳肴，赏珍奇玩物，阅天下美色。这真让我有些怀疑他壮士的身份。我甚至认为他是一个蹭吃蹭喝的高级食客了。

　　但太子丹好像很有耐心，整个夏天，他就陪着荆轲，纵容着荆轲。那天，在白洋淀畔的易水河边，划船累了，荆轲把我放在了一株柳树下，然后翘起长腿枕着一把蒲草就呼呼睡去。太子丹守在他的身旁。雨后的蛙鸣潮水一样袭来，搅了荆轲的好梦。荆轲拾起瓦片向河里投去。蛙声还在继续。荆轲恼怒地起身寻找瓦片，没有找到。一抬头，太子丹捧来了一堆金瓦。他毫不犹豫地把金瓦全部掷进了河里。那蛙声立即止住了。荆轲拍拍手，又兀自睡去！

　　游玩结束，离开易水河，他们骑着千里马返回蓟城。行到半路，荆轲对太子丹说，前面有个饭店，吃点东西再走吧，我肚子有些饿了。丹说，荆上卿想吃什么呢？荆轲下得马来，伸伸懒腰，这乡村小店，随便吃点吧，看看有没有新鲜的马肝，那玩意儿很下酒呢！

果真还有马肝，果真那马肝味道很鲜美。荆轲就多吃了一些，多喝了一些。我在荆轲的腰间随着他的身子不停地晃动，连我都被晃醉了。等我和荆轲晃到饭店门口的时候，一辆马车早已等在了那里。荆轲说，不坐车，我骑马，把那匹千里马牵来！丹说，千里马已经埋了，他的肝现在就在你肚子里！

荆轲没说什么，依然摇晃着坐上了马车。

回到蓟城，太子丹又设宴华阳台。还把荆轲的市井朋友高渐离请了来。酒至酣处，高渐离击筑而歌。荆轲拦住了高渐离，我整天听你的筑声，早就烦了，你歇会儿！太子，来点新鲜的怎么样？

很快，太子就把虞美人叫来了。虞美人献上了一首易水谣。荆轲听着曲子，眼睛盯住了虞美人那双细腻灵巧的手，那手十指尖尖，毫无瑕疵，熠熠生辉。他不禁赞出声来，好——丹就笑着说，虞美人，你以后就专门为荆上卿弹奏吧！荆轲摆摆手，涨红了脸，不不不，太子，我哪能夺人所爱呢？我是说虞美人的那双手好，真是太好了，没有这双手，绝对不会有这样动听的音乐！

宴会结束了，荆轲带着我返回公馆。茶桌上，太子早命人准备好了茶点。荆轲揭去了茶点上面的玉巾。令荆轲意想不到的是，一双手鲜活整齐地露了出来。我认识，那是虞美人的手。

玉巾就在荆轲的手里慢慢地飘落在地，那玉巾我想还会飘落千百年。就在玉巾飘落的时候，我看见荆轲的嘴角抽动了几下。似乎有话要说，但没说出来。可我已经读懂了他的嘴角，他是想说，是时候了……

夏尽秋来，真的是时候了。太子丹已经沉不住气了。秦军大将王翦已经攻破赵国，屯兵白洋淀边。大兵即将压过燕境。樊於期的头颅拿到了，燕地督亢地图准备好了，助手秦舞阳报到了，我也已经被浸了剧毒。为了验证毒效，丹还拿囚犯做了实验。他用我划破了囚犯的皮肤，那个倒霉鬼只留出了一丝血，就无声无息地去了他早晚要去的地方。

现在，我就躺在那个黑色的匣子里。包裹着我的是那张燕地督亢地图。在另一个红色的匣子里，躺着的是樊於期的人头。我在匣子里亢奋跳跃，我把匣子弄得啪啪作响。

我知道，丹已经把荆轲送到了易水河畔的秋风台。秋风激荡，天空昏暗，前途漫漫。荆轲慢慢地走上了秋风台。他望望卫国的方向，那里是他的家乡。他望望燕国的方向，那里是他客居的地方，是太子丹收留了他，给了他做大英雄的机会。他又望望脚下的易水河，他看见了他投掷在河里的金瓦……蓦然间，他一抖征袍，一伸脖颈，发出了前所未有的呐喊：风萧萧兮易水寒，壮士一去兮不复还……

秋风台下的好友高渐离流着眼泪拼命地击筑和之，穿着白色衣帽的太子丹和送行的人群哗啦跪成了一片。

荆轲歌罢，抱起两个匣子，连看也没看秦舞阳一眼，就上了车子。车子向西绝尘而去。我在兴奋地颠簸之中，却听到了荆轲喃喃的自语，太子，你太心急了了，我在等一个人，那个人还没到啊！

我们到了咸阳，去刺秦王嬴政。但我们没有成功。秦舞阳退了。荆轲死了。他先是被秦王刺中左腿，然后就是被肢解了八段。其实荆轲满可以刺杀秦王的，但他只是割下了秦王的半截衣袖。其实我也是满可以刺杀秦王的，因为我有徐夫人的魂灵。但我只是脱离荆轲之手穿过秦王的耳畔，深深地扎在了那个铜柱子上。

来到了秦国，我才明白秦王是刺杀不得的。荆轲为了报答太子丹，不得不走这一遭。而我，为了成就荆轲，不至于让他成为千古罪人，我只能成为千古罪刃！

就在我扎进铜柱的那一瞬间，我恍惚听到了易水河哗哗的水声和秋风台飒飒的风声，我终于明白，荆轲等待的那个人，其实是太子丹。是另一个太子丹。是能够让燕国强盛于秦的太子丹。

断魂筑

自从荆轲死了之后，高渐离再也没有摸过我。他把我装进箱子里，悠悠地对我说，燕国不保了，我们该离开这里了。我听见有东西劈里啪啦砸在箱子上。直到那东西顺着箱子的缝隙滴在丝弦上濡湿了我的身体，我才知道那是高渐离汹涌的泪水。

果然，秦国大军旋风一样扫过燕国。他们的旋风是向北刮，我和高渐离是向南逃。他带着我爬过他故乡范阳城的残垣断壁，涉过血水流淌的易水河，来到白洋淀边的秋风台。那时，秋风台已经被炮火掀去了半边。我感觉，高渐离的脚步在这里停顿了好久。往事如昨，高渐离和太子丹送别荆轲的场面连我都记忆犹新。我发出的高亢悲壮的音律在这里曾经撼动了那么多人。那是我迄今为止最痛快淋漓的呐喊。呐喊完了，我开始疲惫地歇在高渐离的行李箱里。作为一把筑，我除了听命于高渐离的手指，发出不同的音律，我还能做什么呢？

来到了宋子城，我们就听到了太子丹被他的父亲割掉头颅献给秦国的消息。高渐离拍着行李箱，拍着我昏睡的身体，嘶哑着嗓子说，燕王喜割掉的不仅是太子丹的头颅，他割掉的也是他自己的头颅啊！高渐离的话很快就得到了应验。秦国大将王翦的儿子王贲把燕王喜从蓟城追到了辽东，硬是生生地把他的头颅揪了下来。丹的头颅掉了，喜的头颅掉了，燕国天空的星辰也掉了。

我和高渐离不能再往南逃了。逃到哪里看到的都是秦国的星辰。我们在宋子居住了下来。高渐离做了一家酒楼的酒保。他的名字改成了燕惜。我就被燕惜安排在他那简易得不能再简易的床底下。虽然我动弹不得，但每天我又都在跟随着他。我是他的影子，一个曾是天底下最好的乐手的影子。我随着他端盘上菜，刷盘洗碗，砍柴劈木。我眼睁睁地看着他的一双调琴弄筑的纤手变得粗糙皲裂，骨节粗大。看着他的心在一点一点破碎开来，我躁动不安。我在箱子里激烈地扭动自己颈细肩圆的身子，我的十三根铜弦铮铮作响。我觉得那简易的床铺也在我的响声中摇晃。我停止不下自己。直到中间那根长弦在燕惜沉重的叹息声里砰然抻断，我才有了暂时的安静。

燕惜停止叹息是在那个月明星稀的夜晚。那晚他破例多喝了几杯冰烧酒，正要回房休息，却听到了一阵久违的筑声隐隐传来。他循着筑声挪动着脚步，他的褴褛的衣袂很快就飘到了主人家的堂前。那是一个咸阳来的客人在击筑。堂下一群人正侧耳细听。一曲终了，众人鼓掌赞叹。燕惜却不合时宜地嘟哝了一声：好是好，就是差了一些东西！

差什么东西呢？主人和客人把燕惜请到了堂上，燕惜说，客人的筑声是从琴弦上弹出来的，只能悦人耳，还不是真正的音乐。真正的音乐是悦人心，是从心底里发出来的！客人把筑一下子就掷到了他的脚边，那你弹一首真正的音乐给我听听！

燕惜一脚就把那筑踢到了堂下。然后一个漂亮的转身，走了。他从床下掏出尘封的我，然后换上了那身在燕国朝廷穿过的华丽衣服，整容净面，回到了主人堂上。在众人惊诧的目光里，修颀俊逸的燕惜左手按住我的头部，右手捏着竹尺，优雅而娴熟地一击，我渴盼已久的身体顿时生动起来，震颤着发出了一声贯穿天地的妙音。众人的心一下子就被击昏了。昏迷的心不会死去，它们注定还会被持续的筑声所唤醒。一阵高亢的筑音穿过，接下来就是激越的旋律。我和燕惜都不由自主地唱起了那首荆轲曾经唱过的《易水歌》：风萧萧兮易水寒，壮士一去兮不复还……

好，主人、客人还有堂下的听众禁不住欢呼起来。燕惜却流着泪嘟哝着，好什么好，这十三根铜弦还断着一根呢！

那个夜晚过后，我没有再回到箱子里。我重新回到了燕惜的怀抱，我们又变得形影不离了。我们搬出了那家酒楼。燕惜对我说，不怪那杯冰烧酒，该是离开宋子的时候了，有人在等我们呢！

谁在等我们？是嬴政。不，应该叫他秦始皇，他现在已经统一六国了。战鼓声已经远离了咸阳宫，现在这里需要音乐，需要音乐来粉饰装点大秦的一统江山。我和燕惜就做了秦始皇的宫廷乐师。秦始皇要让燕惜做一曲《秦颂》，只是在进宫之前，他让人用马屎薰瞎了燕惜的眼睛。其实，燕惜的眼睛根本不用薰了，他基本上已经为荆轲哭瞎了。

　　与秦始皇面对面的时候，我才知道他不但懂战争，懂政治，他还懂音乐，懂我。当我在燕惜的手下发声委婉的时候，他微笑。他满足于君临四方威加海内，帝王大业从此开始。当我发声慷慨的时候，他朗笑。他得意于普天之下莫非王土，率土之滨莫非王臣。当我发声激昂的时候，他狂笑。他感叹一个曾经的私生子，终于统一了天下所有的声音，终于让天下最好的乐师最美的乐曲为他而奏。他狂笑着，受了我声音的吸引，一步一步走向燕惜，走向我。他俯身想从燕惜的手里拿过我，然后自己弹奏。而这时，我却发出了铅一样沉钝的声音。我灌满铅的身子在燕惜的粗糙大手里化作一道闪电，飞快地向秦始皇砸去——

　　应该说我是长着眼睛的，但我的眼睛终究不如人的眼睛，更何况是秦始皇的眼睛。他比闪电还快的眼睛帮助他的头躲过了这致命的一击。我和沉重的铅块跌在大殿，整个身子霎时七零八落。我成了一把断魂筑！

　　燕惜在秦始皇的剑下一动不动。我奇怪他的盲目里竟然还有眼泪，竟然还有铅块一样的眼泪汩汩而出。

　　燕惜被秦始皇送上了绞架。我的七零八落的残骸也被他聚拢起来，放在了燕惜的脚下。秦始皇拍拍燕惜的肩膀，轻声地说，我早就知道，你不是燕惜，你是高渐离！薰瞎你的眼睛，是想让你专心音乐，可你却偏偏参与了政治！

　　燕惜抬起头，冷笑道，不，我不是高渐离，我是荆轲的影子，我也是燕国的影子！

易水殇

　　我是姬丹，是燕国的太子。但我是一个死去的太子。我的父王姬喜割下了我的头颅。

　　燕王喜是听了代王嘉的话才决定割下我的头颅的。嘉是赵王迁的侄子。赵王迁在邯郸城破的时候就被虏去了咸阳，嘉孤身一人逃到了代郡，又做了王。秦将王翦穷追不舍，一路索命打到了易水河畔。惊魂未定的嘉就派人求救于燕。父王当时还犹豫不决，是我说服了他，他才同意从蓟城发兵易水河的。但是，秦国早有准备，他们这次是铁心要把代及燕一起吃掉的。我们注定抵挡不住秦国的虎狼之师。易水河畔的代、燕防线脆弱得像白洋淀边的一株老柳，很快就树倒枝残了。代、燕兵败，蓟城陷落。我们只得远遁辽东襄平。

　　父王又一次把罪责记在了我的头上。他指着我的鼻子破口大骂，丹你这个不成器的混蛋！让你在秦国当人质，你偷跑回来；让你刺秦，你刺来了秦国大军；让你联代，你联来了京城不保。引火烧身，自取灭亡，竖子不足为君，我要废了你的太子——

　　我愤愤地退出了父王的临时行宫。父王大大地伤害了我。这几件事是我姬丹心底里的最痛。我也是抱定重振强燕大志的王子，我怎么能长久在秦国做人质，忍受我一向看不起的嬴政的侮辱呢？我从没有认为刺秦刺错了，也从不认为是我招来了秦国大军。嬴政的野心昭然若揭，他必然要诛灭六国。刺杀了他，燕国还有一线希望，还能够东山再起。刺杀不了，燕灭于秦，是迟早的事。至于联代抗秦，那也是保卫燕国啊！唇亡齿寒，代郡不保，燕国何存？可关键时刻那个该死

13

的嘉带兵逃回了代郡，剩下燕军孤掌难鸣，焉有不败之理？可这些，父王怎么就不能明察呢？唉，看来父王是老糊涂了！

我把我的一腔苦水统统倒给了太傅鞠武。这些年来，只有他坚定地站在我的身后。他是我姬丹的影子。过去是，现在也是。太傅的智慧就像他长长的胡子，他总是能够击中要害。太傅说，太子啊，你的处境艰难呢！以你父王对皇权富贵的眷恋，他是不可能尽快把燕室江山交给你的。即使交给你，一个行将就木的国家又有什么意思呢？你不要等待了，要想实现你的理想，必须当王，必须让你父王退位！

他要是不退呢？我说。

那就杀掉他！鞠武把他的胡须拖下了一根。

我打了一个寒战。樊於期自刎的时候，我没打寒战；田光自杀的时候，我没打寒战；荆轲被诛杀的时候，我也没打寒战。如今听了太傅的话，我打了寒战。我拼命摇头，不，杀父弑君的事情我不会干！

那你就会被杀！鞠武说完这话，吹落他掌上的胡须，走进了辽东血红的残阳里。

我不相信父王会杀我。虎毒不食子，何况我是太子。我还要向父王进谏，我还有复兴燕室富国强兵的宏大计划。王翦老了，仗也快打不动了，只要他退兵，不需两年，我就会重新杀回易水河畔的。那时候，强大的燕国之梦，强大的中原之梦就不单单再是梦！也许统一天下的不是嬴政，是我姬丹啊！我从没有认为我比嬴政差！

然而，秦国换来了年轻骁勇的李信。李信的到来，打破了我的梦想。在父王的恐慌里，我又一次带兵出战。在衍水，我遭遇了李信的火攻。不敌溃败，我躲到冰凉的水里，才幸免于难。走上岸边的时候，我仰天长叹，既生丹，何生政？

李信包围了襄平城。父王派人向代王嘉求救。嘉没有发兵，却发来了一封信。信中只有六个字：杀姬丹，围可解！

父王大骂，无耻的嘉，猪狗不如的嘉，你如此背信弃义，退秦后，我一定先灭了你！骂完，父王把嘉的信烧为灰烬。

然后父王就派人来我栖身的衍水桃花岛请我回宫。父王要和我商议退秦之计。鞠武不让我去，可我还是去了。父王已经答应我，退秦之后就让我继位，你说我能不去吗?

在父王重又修葺一新的王宫里,他安排好了丰盛的酒席,垒出了燕国宫廷上等的冰烧酒。他还叫了几个绝色的宫女舞蹈吟唱。我真服了我的国王父亲,到这个时候了还如此讲究排场。不过,我原谅了他。就让他再欢乐一回吧,过不了多久,坐在他那个位置上的就是我姬丹了,我一定做一个励精图治的好国王。

那晚,父王以他少有的慈爱温暖了我。我就多喝了两杯,在一个宫女温软的香怀里昏睡了过去。

等我醒来的时候,我已经身首分离了。我的身子不知去向,我开始清醒的头颅被父王装在了一个黑色的松木匣子里。就是那次我装樊於期将军头颅的那一种匣子。我彻底明白:父王到底还是听了代王嘉的话。为了保住他的头颅,就设计割下了我的头颅。

我听到了母后的哭声,听到了王宫的哭声,也听到了整个辽东的哭声。在哭声中,我的头颅被送到了李信的大营。

李信暂时退了兵。他要亲自护送我的头颅到咸阳,去向那个想我想得快要发疯的嬴政复命。他估计自己这次肯定要加官晋爵了,说不定他要取代王翦的位置了。

但我绝不会让李信成功的。当李信载着我头颅的战车来到白洋淀边易水河畔的时候,我的头颅在一阵巨大的颠簸中突然轰鸣着破匣而出,鹰一样飞向了天空,颈下的鲜血泼洒成一面猎猎的战旗。我睁圆双眼最后看了看燕国千疮百孔的土地,一头扎进了流水汤汤的易水河。我知道,这里有樊於期的头颅,有田光的头颅,还有荆轲的头颅。他们已经等我多时了。

六郎星

　　宋廷任命杨六郎为高阳关、益津关、瓦桥关三关统帅的消息，一点也没有使我和萧太后感到意外。因为在宋辽对峙的这些年里，我领教了杨家将的厉害。

　　景德元年，我率兵入宋，与屯兵在白洋淀边鄚州城的杨延朗遭遇。那时他只是个鄚州防御使。双方激战三天三夜。本来杨延朗已处弱势，粮草空虚，援军又迟迟未到。我就督军进攻，想尽快吃掉杨家军。杨延朗终于抵挡不住我的强大攻势，从鄚州古城狼狈败退白洋淀。我急忙率大队人马乘胜追赶，一时间，辽军将士飞快地冲上了长达二十多里的湖堤，人马嘶喊，粮车滚动，刀枪剑戟，一字长蛇，让我感到了辽军的强大与威武。宋军很快没了踪影。我无意中向四周一看，哇呀呀，一段窄堤直通大淀，堤旁烟波浩渺，成熟的芦苇一望无边。我意识到中计，赶紧下令撤退，但已经来不及了。车马难以掉头，自己堵住了自己的退路。正后悔间，一阵战鼓突然响起，鼓声就带出了芦苇荡里的无数火箭，大堤两边一人多高的芦苇霎时烟火冲天。那火在淀风的帮助下，把淀水都烧得咕嘟咕嘟直响。我的兵马粮车都成了烤鱼和熏鱼。亏了我的火龙驹会飞，我才得以冲出火海，只身逃回了上京。

　　萧太后没有降罪于我，而是从草原骏马中挑选了三万匹让我训练。一年后，三万铁骑卷土重来，再次杀到白洋淀边。我和杨延朗在三关口拉开战场。流水汤汤，铁骑啸啸，万木肃杀。杨延朗三天不敢出兵。第四天，却见宋营附近建起了几座硕大的马棚。铁骑前队前去挑战，宋营也无动于衷。只是，部分士兵从马棚里轰出千余匹不带缰绳和鞍子的马到白洋淀边洗浴。士兵们把淀水击打出漂亮的水花，水花冲得那些马鬃毛发亮，美丽如荷。我的将士们禁不住哈哈大笑，宋军死到临头了，还这样悠闲自在，真是麻木啊。但笑声未落，那些洗浴的马突然就温柔地低鸣起来，那声音好像淀水的波涛一浪一浪地涌了过来。我军阵营的将士不知怎么回事，可他们坐下的骏马却开始了骚动。先是鼻息粗重，继而四蹄乱蹬，不一会就群起嘶叫起来。那声浪很快就淹没了洗浴马的低鸣和辽军将士的吆喝，险些把天空都掀翻了。我的将士再也控制不了那些铁骑了。它们纷纷把主人掀落马下，然后挣脱缰绳向对方奔去。宋军的马这时却停止了洗浴，边继续低鸣着，边从水里向马棚撤去。一袋烟的工夫，我军那些无耻的铁骑——发情的雄壮的马儿们争先涌进了那几个硕大的马棚。只有我的火龙驹还有定力，但也在我的胯下急红了眼。

我还没有醒过神来，宋营里战鼓骤响，骑兵步兵一起出动，像阳光下的风暴直卷而来。我们只能被卷得落花流水，铩羽而归。

退回大本营，我才明白：杨延朗用的是骒马阵。我和萧太后的梦想又一次被自己的铁骑踏碎。我对太后长叹一声：我韩德让是个凡人，而杨延朗却是天上的星宿，是那颗主将的六郎星，是我的克星啊！

我认为杨延朗就是杨六郎以后，就传来了宋廷任命杨六郎为三关统帅的消息。我没有感到意外。我只是黯然地脱下铠甲，称病归家。只要杨六郎在，我们就不能夺取中原，甚至已经占有的幽云十六州都可能重新回归大宋。我在病榻上几天没合眼，我耿耿难眠。我是汉人，我的祖父韩知古少年时代被契丹部落掳入北国，之后才在辽国三世为官。其实杨六郎英勇善战我该高兴才对，但辽君和萧太后又待我不薄，我不能不为辽而战……

我正这样胡思乱想的时候，太后传旨召见我了。我吃了败仗，我已经做了最坏的打算。我到了太后宫，没有看到凤冠霞帔一脸威严的萧太后，却见到了风韵犹存少妇打扮的萧燕燕。我一下子就回到了那遥远的从前。那时我父亲韩知古与宰相萧思温为我们指腹为婚。只是后来燕燕太过出色，就被辽景宗耶律贤招进了宫。后来景宗病死，圣宗耶律隆绪年幼，太后摄政，我被任命为兵马大元帅。戎马倥偬，如果不是萧燕燕刻意提醒，我早已经忘记了我俩还有那层关系。

萧燕燕让我坐下，悠悠地说，德让，我知道你没病。既然没病，那就不能躺下。我不但不降罪于你，我还要奖赏提拔你。我要赐你皇姓，改名德昌。我要你忘掉你汉人的身份，以后你就叫耶律德昌吧！

我要叩头谢恩，燕燕跑过来拦住了我。她命人把十二岁的小皇帝叫进来，摸着儿子的头流出了眼泪，德昌，你我阴错阳差，但我还是你的燕燕，隆绪就是你的儿子，我要让他拜你为大丞相。你以后就是他的相父！德昌，现在耶律家族宗室亲王，心怀叵测，觊觎皇权，大宋又要开始北伐，我可是把自己、儿子和大辽都交给你了！

我晕在了那里。但还是听见了燕燕太后一样的口气，你不用回家了，你的妻子李氏这会儿已经喝了鸩酒！

我已别无选择。我其实还是爱着这个女人的。我只有为她再度出征。我火速派人到东京汴梁，密见枢密使王钦若。他是我安插在宋廷的最后一个棋子。我要他想尽办法除掉杨六郎。王钦若下了一步狠棋。他假借京城道路之名拆了杨家的清风楼，以激怒杨六郎。杨六郎果然回京。王钦若便以擅离职守罪向宋真宗奏本，杨六郎便被削去了兵权，最后在边关抑郁而死，成了一颗真正的六郎星。

我立即率兵出征，一路浩浩荡荡，势如破竹，很快兵临东京城下，逼迫宋廷定下了澶渊之盟。从此，辽宋讲和，再无战争。宋廷每年还要给我们三十万岁币。

耶律隆绪的政权因此平稳过渡。五年后，萧燕燕崩于行宫。那时候耶律隆绪正要让我讨伐高丽，我拒绝了。我已厌倦了战争。我来到萧燕燕的寝陵前，自刎了。临死前，我对皇帝说，你把我送到大宋，葬在杨六郎的墓前吧，我也想做颗六郎星！

斯 文

　　刘德是在中午时分推开我的柴扉的。那时我还不知道他就是名满天下的河间王。我只看到一个消瘦的身影在阳光下稳健地走进我的院落，走近我的草屋，走近我的锅台，走近我。我在锅台边立起身，看见刘德敛一下长衫，吞一下长袖，用力吸了吸鼻子问，这锅里煮着什么好东西？这么香？我说，是野兔，白鼻子给我捉到的野兔，在我的坟地里捉……说到坟地，我打住了。打住之后，我问刘德，哎，你看到白鼻子了吗？你进来的时候看到白鼻子了吗？刘德闪身一笑，白鼻子就越过刘德，蹿到了我的面前。毛先生说的是它吗？刘德说，就是它把我引进你家门的啊！

　　白鼻子是我养的一条狗。它浑身油黑，只有从嘴、鼻梁到额头的一溜毛是洁白的，所以我叫他白鼻子。平时有人来，白鼻子会用叫声通知我的，没有我的咳嗽回复，它不会让来客走进我的家门的。怎么今天它竟然不叫不闹不通知我，就领着刘德进来了呢？

　　我再一次打量了刘德一番，他峨冠博带，明眸善目，举手投足间斯文尽显，这白鼻子怎么舍得吠叫呢？我摸了摸白鼻子的白鼻子一下，我说，先生你是……

　　在下河间王刘德——刘德正式对我深施一礼，听说毛苌先生训诂、传授《诗经》，特来讨教。

　　王爷？我的膝盖差点软了下去，是白鼻子关键时候帮了我的忙，它用身子支住了我的膝盖。随后刘德也换住了我，先生不必多礼，叫我刘德就是了。只要你让我看看你的诗经，就是对我国最大的礼，我想封你为诗经博士，进王府随从本

19

王，不知意下如何？

我沉吟了一会说，我想想，你让我想想。

好的，先生自然应该想想。但现在已到用饭的时间了，我陪先生喝两盅吧，说实话，这些年了，我还真没闻到这么厉害的香味呢？刘德一转身，从袖口里摸出一小坛酒来，来先生，这是我来河间国那一年，父皇赠与我的御酒，你尝尝吧！

还没等我放桌子、上肉，刘德就打开了小酒坛，酒香就迫不及待地跳出了坛子。我听到白鼻子叫了一声，瘫软在了我的脚下。哈，我还没品酒，白鼻子就先醉倒了。真是没出息。

那天肉吃了，酒喝了，人醉了。我还在想刘德的话。我能不好好想想吗？自从秦始皇焚书坑儒以后，我的叔父毛亨带着孔子删定的《诗经》原本，从鲁地惶惶出逃，一路上边背诵着诗文，边扔掉笨重的书简。拼命向北，逃到荒僻遥远而又水草丰美的河间国武垣县，在乡下居住了下来。他在村北筑起了一座大坟，然后躲了进去。凭着鲜活的记忆，他先是把诗经一首一首地写在坟墓的四壁上，然后再一个字一个字地刻在木牍上，重新编辑校注，才有了后来的《诗故训传》。叔父的诗书到死也没有见过天日，临终前他把书稿和遗憾一起交给了我，他说，苌儿，新帝登基，挟书律撤销了，你可以……可以开馆讲经了。就这样，我把他的经义从地下搬到了地上。搬到地上不久，刘德就找上门来了。虽然我知道刘德在招徕四方学者，尽求天下善书，竭力兴修礼乐，但我仍有顾虑。王爷就是王爷，焉知不是以斯文来装扮自己，韬光养晦呢？有朝一日朝廷再次翻脸，遭殃得还不是斯文自己？所以我得好好想想。

后来，刘德又一次找上门来了。这次不是他自己，而是带来了王府的一群人，还有不少车马工匠和建筑材料。他指挥着人们，拆掉了我的柴扉和草房，还把我煮兔肉的那口锅搬到了院里。我知道大祸临头了，我带着白鼻子躲进了我叔父建造的大坟。

数日以后，刘德找到坟墓里来了。又是白鼻子带的路。我不知道白鼻子和刘德的渊源，但我知道白鼻子出卖了我。狗东西，真正的狗东西，看以后老子怎么收拾你？我会像煮兔子一样把你煮着吃了，然后让刘德拿瓶酒来，吃着你的狗肉，喝着刘德的御酒。看你还带不带路？

但眼下还不能吃它，刘德的火把就亮在了我的眼前。我已毫无退路。刘德跳进了坟墓。他的火把燃亮了坟墓四壁。叔父刻在四壁上的经文在火光里有了生命，一个一个的汉字拥挤着，峥嵘着蹦到了刘德的眼前。"关关雎鸠，在河之洲……"，"击鼓其镗，踊跃用兵……"，"桃之夭夭，灼灼其华……"……

刘德痴呆了。好长一段时间，他才发出了一声呐喊，太神奇了——

王爷，我走进刘德，我想解释什么，但刘德拦住了我，毛苌先生，你才是王爷，你是诗经的王爷啊！跟我走出坟墓吧，你去看看，我已经把你的草屋建成了招贤馆，从此你可以明目张胆得开馆讲经，传授弟子了！

我没有理由不接受刘德的王令。我走出坟墓，进了招贤馆，后来又进了河间国都乐城王宫。我带着白鼻子当了诗经博士。再后来，我推荐了贯长卿为《左传》博士，又帮助史丞王定修订了《礼乐》。一时间，王宫里古书充栋，群儒咸至，每日读经诵典之声琅琅、数里可闻。

斯文当道，王国鼎盛。刘德想到了长安，想把这种鼎盛带给长安。所以刘德决定带我去长安朝拜当今天子刘彻。在长安，我们献了经书，献了《礼乐》。刘德又在三雍宫和董仲舒等朝臣对策。我真正领略了刘德的智慧、才华和思想。我知道刘德期待着大汉文化复兴，王道推行，大同实现。除此，他别无所求。

刘德最后等来了皇帝加皇弟刘彻的召见。刘彻让刘德与他一起坐在了龙椅上。刘彻又一次叫了声皇兄，然后握住了刘德的手说，河间国虽小，但是皇兄贤德啊，如商汤、周文王一样贤德，不如，皇兄现在就做了大汉皇帝吧！

刘彻的话音未落，我看见刘德已经从龙床上滚落下来。

我们急匆匆返回河间国。看到刘德的样子，我想起了我叔父急匆匆从鲁国逃出的样子，此刻，他们像极了。

刘德再不去我的招贤馆了。他遣散了众儒，歇息了诵读，从长安请来了宫廷酿酒师，开始大肆酿酒。整日喝的酩酊大醉。然后，然后就是去后宫厮混。

建元六年春正月，也就是我们从长安回来的四个月后，斯文而好酒的刘德薨于乐城。我的招贤馆也正式关闭。

蓼花吟

我随何承矩一到雄州，就被白洋淀的蓼花迷住了。

那是一种小巧而不张扬的花。茎叶纤细，花苞艳丽，成片成片地开在淀水里，开在洲岛上，开在北国的秋风里。碧水，蒲草，芦花，被她晕染出灼灼的嫣红，如果不是契丹人的战火，恐怕连雄州城和瓦桥关都迷离在她无边的花影之中了。

何承矩也迷蓼花。他是雄州知州，更是诗人。所以他到雄州不久，就召集州县所属官员和当地文人，大张旗鼓地来白洋淀观赏蓼花了。

在巨大的彩船画舫上，一船人把酒临风，雅兴大发。何承矩很快填好一首词，又把一枝蓼花插在我的头上，对我说，斯兰，你把我的词唱给大家听吧！

我青烟一样飞到了船中央的平台上，轻舞长袖，曼卷裙裾，头戴蓼花，手翘兰花，在古筝之声里唱起了这首《蓼花吟》：莲叶雨，蓼花风，秋恨几枝红。远烟收尽水溶溶，飞雁碧云中……

我的歌声赢得了大家阵阵喝彩。便有人站起来唱和：一渚蓼花携手处，粉煦青柔。萍水不长留，各自悠悠……

还有人应答：水之涯，蓼花开，得鱼换酒来。荷之洲，芦花宿，白洋月落处，不脱蓑衣酣睡足……

何承矩和着大家的吟唱，走向平台，他把我拥进怀中。我仿佛又回到了东京汴梁。那时，我在酒肆茶楼间陪舞卖唱，是何承矩把我赎回家中，教我写诗诵词，我才有了知音。后来他戍守边关，我义无反顾地随他出征。本来我想歇了歌喉，做一个贤德的女人，好好照料他的饮食起居，没想到在白洋淀的蓼花丛里，我又控制不住自己的嗓子了。在何承矩开心的怀抱里，我流出了幸福的泪水。一船人围绕着我俩，以蓼花为题，尽情吟唱，直吟得花发花又谢，直唱得水落水又涨。

咣当——！正当大家如醉如痴的时候，一个人掀翻了酒桌，把吟唱弄得戛然而止。那人是益津县令黄懋。只见他双手抱拳，大声嚷道，何大人，辽贼觊觎大宋已久，雄州危在旦夕。大人上任伊始，不思对敌之策，却做逍遥之游。素闻大人清正廉明，没想到也是贪图享乐之辈啊……啪——！何承矩的脸上挂不住了。他放开了我，将手里的酒杯狠狠地摔在地上，黄懋，你口出狂言，败我酒兴，真是大胆。来人，拖下去，把他关起来！

黄懋被押下去了，大家继续吟唱。彩船画舫向淀水深处行去。

何承矩放出黄懋是在三天之后。他亲自把黄懋送到益津县，悄悄地对黄懋说，黄县令，你受苦了。我何某绝不是贪图享乐之辈。辽军屡犯边境，边民耕织失业，田地荒芜，供给困难，我早有贮水围堤以御敌骑、屯田种稻以供自给的想法。但恐怕谋划泄漏，无奈才唱了一曲蓼花吟啊！

何承矩又拿出一个奏折和一卷图册，交给了黄懋，黄县令，这是我给圣上屯田种稻的奏折和我亲自绘制的白洋淀地形图，就劳烦你再辛苦一下，去京城面呈圣上吧！

黄懋单腿点地，双手举过头顶，小的错怪何大人了，还望赎罪！

何承矩哈哈大笑，你哪里有罪？你帮我把戏演得那么好，我还要向圣上举荐你呢！我知道你是闽南人，种稻的事情还得靠你啊！

太宗皇帝准奏的圣旨很快就下来了。何承矩被任命为制置河北延边屯田使，黄懋为屯田副使。

屯田戍边的战役打响了。何承矩发动雄州、鄚州、霸州等地驻兵一万八千人，沿白洋淀边修成了长达六百里的堤堰，在淀内挖成了若干条河道，堤内是湖泊，堤外是耕地。堤口设置闸门，可引水灌溉。河道可以御敌，耕地可以种稻。白洋淀真正成为了鱼米之乡。

不想，这件事情到底让辽国知道了。契丹大将耶律阿海率领一万骑兵在中秋之夜打到了雄州城下。何承矩命黄懋坚守城门，然后带着我和几个随从悄悄地上了一条小船。在白洋夜月里，在蓼花成熟的浓郁的芳香里，我们的船飞快地划行着。船上渔火点点，何承矩身披蓑衣，头戴斗笠，在船头竖起那架古筝。随后拿出一只酒葫芦，喝了几口，然后低头抚筝。筝声硬朗激越，穿空而去。我斜倚着何承矩，一抹洁白的长袖飘过他的斗笠。那首《蓼花吟》就在他的蒻笠上飘过：莲叶雨，蓼花风，秋恨几枝红。远烟收尽水溶溶，飞雁碧云中……

何承矩在船上——辽军阵里有人呐喊。耶律阿海就停止了攻城，率领骑兵循着筝声和我的歌声追了过来。他们没有放箭，他们想活捉我们。他们就下了河堤，穿过河道，追着我们的渔火而来。没想到，淀里河道越来越宽，越来越密，越来越深。在草原上驰骋纵横的战马很快就都陷在了草泽之中。何承矩的筝声骤然停歇，他命令随从放了一枝闪亮的响箭。不久，就听见雄州城门洞开，黄懋率领守城之兵一路啸叫着追杀而来。白洋淀里一时箭羽如蝗，炮声轰鸣。耶律阿海的骑兵全军覆没。他自己也成了黄懋的俘虏。

我扑在何承矩穿着蓑衣的怀里，我崇拜煞了这个男人。我斯兰不但见证了他作为诗人的文才，我还见证了他作为知州的将才。我想，我不会放弃这个男人了，我不会离开这个男人了，我一定要陪他一生一世，一直到死。

后来我的愿望真的实现了。宋太宗驾崩后，宋真宗即位。他中了辽国间谍枢密使王钦若的离间计，把何承矩调离雄州，降为齐州团练使。上任的第六天，何承矩就吐血而死。

我护送着何承矩的灵柩返回东京。路上，我含泪唱起了那首《蓼花吟》：莲叶雨，蓼花风，秋恨几枝红。远烟收尽水溶溶，飞雁碧云中……

歌声中，一群风尘仆仆的雄州百姓哭泣着来为他送行。

双面谍

澶渊之盟以后，宋辽讲和，双方再没有大规模的战争。但边境时有摩擦发生。我就是那个制造摩擦的人。

我是受了圣宗皇帝耶律隆绪的旨意把我的通事局搬到幽州来办公的。我的任务本来是要对准宋廷的职方司的，但眼下我对雄州知州李允则发生了兴趣。雄州是边关重镇，我决定我的间谍工作就从这里打开缺口。

于是，在元宵节那一天，我带人化装成药材商队来到白洋淀畔的界河——白沟河。时令已是春天，但河这边一片凋敝，而河的对面榆树吐绿，鸟声清亮。河堤上，人头攒动，商贩如潮，虽然胡汉服装混杂，语言不通，但在官衙人的斡旋下双方交易有序。契丹人带来了牲畜、皮货、药材、珠玉等，汉人带来了粮食、丝绸、茶叶等。我知道这就是李允则新近开辟的榷场了。据说，去年大旱，幽州境内契丹人闹饥荒，宋廷限制粮食输往幽州。而李允则却说，同在一片蓝天下，幽州百姓也是我们的百姓啊！他还是把粮食低价大量卖给了幽州。作为回报，幽州百姓把一批上好的骏马卖给了雄州。但我们大辽缺少李允则的气量，皇帝一道旨意，撤换了幽州刺史不算，还把几个领头售马的人给抓进了大牢。他们怕李允则也把骏马训练成军马啊！

李允则不会的，连我们的军马恐怕以后也没有用武之地了。何承矩早在白洋淀挖了湖泊河道，李允则又在边防拆掉碉堡，填平马坑，在广袤的宋辽战场上种上了成片成片的榆树。榆满塞下，不仅边民可以取之盖房，重要的是形成了一道道绿色的屏障。辽军的铁骑再也不能驰骋疆场了。

过了榷场，我们在榆树的屏障里缓慢地行进。亏了我们骑的是骡子，如果是战马，早就把马窝囊死了。我们到达雄州城的时候，天已经黑下来了。但我们依然能看到雄关漫道，城堡横亘。瓮城与州城已经连成一片，城外月堤环绕，树木拱卫。城头红灯高挂，牌楼上烟火开始燃放。笙箫丝竹之声，锣鼓喧闹之声已经从城里传到了城外。真是一派富足祥和的气氛。

我留下部分人在城外，带着部分人随着榷场下来的商贩们混进了城。走过张灯结彩的大街小巷，穿过游乐嬉戏的人群，摸到了雄州守军的甲仗库前。那里早有内线在接应了。内线探得，李允则正在军中大摆筵席，宴请东京来的宰相寇准。我知道时机来了。我们点着了甲仗库。

令人奇怪的是，甲仗库着了很长时间，城外城内的兵士竟然没有一个人前来救火。看着兵器甲仗在火中舞蹈呻吟，连我都心疼了，可李允则还在那里吟诗作赋，对酒当歌。我派一个心腹前去军中打探。心腹回来说，本来，李允则的副手是要让守城的兵士来救火的，可李允则拦住了他。李允则说，甲仗库防范那么严密，居然突然起火，必是奸人所为，而且不是一般的奸人。如果我们都去救火，岂不中了奸计？肯定会有更严重的事情发生呢！

李允则说的不错。假如他军中大乱，兵士全去救火，城外的人就会把他新连起来的瓮城和州城再次炸断的。

李允则真是一个老狐狸。我们只得惶惶撤离甲仗库。我的身上带着内线给我的情报，我又把城区布防图画了下来，我还是有不小的收获的。根据这些情报和布防图，我们很快就会打到雄州的。占领了雄州城，辽军再次挺进中原就指日可待了。

在熙熙攘攘的大街上，我和我的人走散了。街上都是狂欢的行人，唯有我牵着一个高大的骡子，这不能不引起巡逻兵士的注意。在快到城门口的时候，我被抓住了。

我被带到了李允则的军营。在宴会厅旁边的一间屋子里，我终于见到了雄州知州兼河北沿边安抚使李允则。他纤弱、文雅，但器宇轩昂。他的眼睛在我的身上扫视了一圈，就喝退兵士。接下来，我没有想到的一幕发生了。李允则急急地跑过来，急急地给我松了绑，又把我身上的紫色衣袍的褶皱抚平，扶我坐下，端上了一杯热茶，然后我就听到了他浑厚的声音，萧佑丹将军，你受苦了，也辛苦了!

我更吃惊了,我问,你怎么知道我是萧佑丹?

哈哈哈!李允则笑了,他的笑声在屋子里旋转着,把我给旋蒙了,你们有内线,我们就没有内线?实话告诉你吧,你们来了多少人,什么时候出发,来干什么,我都清楚。我之所以不制止你们的活动,就是想让你看看我雄州的力量!

我张张嘴,还没说话,就听见李允则又说,我还知道你的身上有地形图,有情报。但我明确告诉你,萧将军,那上面关于粮食、货币、兵马的数字都是假的!

假的?这不可能!我站了起来。

李允则又把我按到座位上,我知道你得了假情报,回去是要被砍头的。为保你性命,我可以给你提供真情报。我以雄州知州的身份为你提供一份真情报。但我相信,你们得到了这份真情报,恐怕更不敢犯我大宋江山了!李允则说着,从怀里掏出早已准备好的真实的情报交到了我的手中,一边给我,一边和我报着上面的数字。

我惊呆了。这上面的数字比内线提供的更详尽,更真实,更强大。我接过情报,无话可说。我唯一能做到的就是请求李允则把情报封好,加盖印信,让我带到辽国去。

当晚,李允则牵着我的骡子送我出城。我和城外等候我的人会齐,连夜逃回了幽州。

我在幽州待了几天。我又回到了雄州。我做出了一个重大决定:我没有把情报送到圣宗皇帝那里,而是原封不动地交给了李允则。同时交给李允则的还有辽国的兵马、财力数字和地形图。

就这样,我成了一个双面间谍。我希望李允则打过白沟河,打到幽州,打到上京去!

元妃荷

张 建

完颜璟在工部侍郎胥持国的陪伴下走进宫廷教坊的时候，我正教宫女们读诗诵词。纱帐里，李师儿特有的清亮声音一下子就把完颜璟给吸引住了。

几股湘江龙骨瘦，巧样翻腾，叠作湘波皱。金缕小钿花草斗，翠条更结同心扣。

我知道，李师儿唱的那首《蝶恋花》，就是当今皇上完颜璟的词作。这丫头，莫非知道皇上到了？我正想给皇上行礼，却见完颜璟疾步上前，刷的一下就把手里的那把聚骨扇打开了。他看着上面自己的题词，禁不住随着李师儿唱出声来：金殿珠帘闲永昼，一握清风，暂喜怀中透。忽听传宣颁急奏，轻轻褪入香罗袖。

看着完颜璟兴趣盎然的样子，我的心禁不住悸动了一下。我知道李师儿进宫是避免不了了。果然，完颜璟把扇合上，对我大声命令道，张建，快，撤去纱帐，让她出来见朕！

我是一个宫廷教师。我教宫女们琴棋书画，读诗诵经，歌舞咏唱。但在教授这些技艺的时候，我是看不清这些宫女的面容的，我们之间被隔上了一道朦胧的纱帐。我只能用声音和她们交流。但透过朦胧的纱帐，我还是熟悉了那个清亮的声音，熟悉了那个经常在纱帐前舞动的倩影，也熟悉了那只隔着纱帐让我摸过的玉手。我知道她就是李师儿，是来自浑渥城的美女。现在，我缓缓撤去纱帐，我的心随着帐幔慢慢合拢。音乐响起，一个婀娜的身影裹挟着一阵馥郁的香气，清风一样破帐而出。我看见了绿色的下裙，看见了白色的上衣，看见了红色的领口。

绿色、白色、红色旋即就舞蹈起来。我在舞蹈里看到了风在吹，水在流，花在绽放……

我不知道这是什么舞蹈。我没有教授过她。相信完颜璟也不知道。我听到完颜璟拍了下巴掌，问李师儿，告诉朕，你跳的这叫什么舞？

《荷花舞》，我家乡白洋淀的舞蹈。李师儿把她的峨眉蟒首抬了起来。

我们终于看到了李师儿荷花一样的面容。

我看到了荷花的当天，也眼巴巴地看着李师儿进了宫。完颜璟本来是想找个近侍的，可李师儿的才情对了他的胃口。所以在胥持国的劝说下，竟然把她封为了淑妃。

李师儿

在完颜璟的寝宫里，在那张巨大的龙床上，我变成了一株怒放的荷花，我也变成了一株雨打的荷花。我哭了。完颜璟抱住我，用诗意的胡子摩挲着我的脸，师儿，朕宠幸你，你应高兴才对，怎么还如此伤心？我承接着他的爱抚，我说，皇上，臣妾在这里享受鱼水之欢，可爹爹李湘还在牢里，他因直言获罪，还连累了我和我娘在宫籍监织布受苦！

完颜璟说，我明天就让胥持国把你爹娘放了，我还要追赠他为金紫光禄大夫！

我哥喜儿，我弟铁哥，无人照管，放任江湖做了强盗，但他们很想为朝廷尽力，恳请陛下开恩，给他们个正果吧！

完颜璟说，这个好办，只要他们肯为大金国效劳，我就让他哥俩去做幽州副节度使吧！

还有，亏了张建的教授和胥持国的引荐，我才有了面圣的机会，你看……这时，我想起了张建那双痛苦的眼睛，我的眼泪又淌出了几颗。

完颜璟说，胥持国朕已有安排，让他做右丞相。至于张建吗？就让他做朕的御前大乐师吧！

我还能哭吗？我不哭了。我笑了。我挣脱了完颜璟，我裸着雪一样的身子，在明亮的烛光和月光下走出了红绡帐。我把床头从白洋淀带来的那盆荷花放进了完颜氏祖宗牌位前的金盆里。我要让我家乡的荷花永远地长在金盆里。然后我回到了床前，我把我的弱骨丰肌和玉脂柔肤欢愉地交给了完颜璟，这个能让我身体和精神都快乐的人。

完颜璟

我中了淑妃李师儿的蛊。男人是可以为一个女人不顾一切的，皇帝更不例外。我甚至连攻打南宋统一天下的计划也暂时搁置了。我陪淑妃吟风弄月，赏荷观莲，唱歌作赋，恣情山水。我知道淑妃的体香是与白洋淀的荷花紧密相连的，所以在巡幸浑渥城的时候，我把它拓建成方圆九里、城高三丈、阔九尺、池深一丈的州治，我把它改为了渥城。我在东城给淑妃建起了梳妆楼，在西城给淑妃筑成了观莲台。在观莲台一侧挖成了荷花池。当白洋淀十里荷花香溢渥城的时候，淑妃为我生下了皇子完颜忒邻。

这是我唯一的儿子。钦怀皇后跟随我这么多年都没有给我留下香火，而淑妃做到了。所以皇后过世后，我想立淑妃为后。但除了胥持国一人同意外，所有的女真大臣都反对。我只好向家族妥协。我让中宫虚位，我不再立后。我把淑妃封为了元妃，让她成为众妃之首。那些年是我和元妃最快乐的日子。我和元妃合作的诗词大都是那时候留下的。我写：风流紫府郎，痛饮乌纱岸。柔软九回肠，冷怯玻璃碗。元妃和：纤纤白玉葱，分破黄金弹。借得洞庭春，飞上桃花面。

但元妃不只是对诗词歌赋感兴趣，她还对军国大事有爱好。她开始批阅奏折，发号施令，最后开始结党营私，把持朝政。等我发觉这些时，已经太晚了。我已经病入膏肓了。

后 记

完颜璟死了。李师儿也死了。完颜璟死于疾病，李师儿死于自尽。是完颜璟的叔叔完颜永济逼她自尽的。本来，完颜璟死后，应该是完颜忒邻即位的，可是这个短命的皇子只活了两岁。元妃就和胥持国拥立卫王永济登上了帝位。可卫王没有完颜璟的诗情画意，他不需要一个用诗词歌赋参政的侄媳。所以就和胥持国找了个罪名将元妃赐死了！同时赐死的还有她的父母。她的一兄一弟也被追回职务，流放去了远方。

元妃自尽的地方是她曾经织布的织室。她的织布机还在。五尺粗布足以让她香殒情殇！李师儿从这里进了宫，又回到了这里。宫廷生活在她的身上划了一个圈。

没有去当完颜璟御前大乐师的张建把元妃的尸骨运到了她的故乡渥城，水葬在白洋淀的荷花池内。

从此，世上少了元妃，留下了元妃荷。

静修院

　　我的老师刘因真是个怪人。他放着朝廷命官不做，放着锦衣玉食不享，放着豪华宫殿不住，却偏偏提前住到了墓穴里。可有意思的是，我却当了他的掘墓人。

　　老师确实有病。我说的是身体。他本来就有风痹病，最近又死了儿子，忧心之余，又得了疟疾。刚过四十岁，就变得形体癯瘦，须发斑白。我们做弟子的，都看着心疼。我就劝他，老师，朝政又要更新，大元皇帝既然来了圣旨征召你，你就去吧。你的病不厉害，去了御医肯定会给你治好的。再说了，你去了朝廷，把我们几个弟子带去，我们把静修书院搬到大都去办，那是多好的事情啊！

　　没想到我的话惹恼了老师。他瞪着眼指着我的鼻子教训道，李道恒你再说这样没骨气的话，你就离开静修书院。你赶紧去驿馆，把使者留下的圣旨和马匹退回，让他把我这封辞官书转给皇上。我不去大都，我就在三台镇！老师话没说完，已经大咳不止了。

　　我不敢吱声。我诺诺欲退。老师又把我叫住了，还有，回来后，你和梁泰一起，到白洋淀千里堤上，找个好地方，给我造一个墓穴吧！

　　就这样，老师成了皇帝的不召之臣，我成了老师的掘墓之人。

　　我和我的师兄梁泰扛着锹镐来到了千里堤上。我们在一个春风吹拂桃花灿烂的开阔处停了下来。就是这里了，梁泰拉住了我，他开始用脚左右丈量着。这里能望见浩浩渺渺的白洋淀，能望见楼阁依稀的安州城，更能望见弥漫着程朱理学之气已成北方泱泱大学的静修院。我仿佛看到了老师清瘦的身影，看到了莘莘学子静神谛听的样子，仿佛听到了老师的洪钟大吕之声：宝符藏山自可攻，儿孙谁是出群雄？幽燕不照中天月，丰沛空歌海内风。赵普元无四方志，澶渊堪笑百年功。白沟移向淮河去，止罪宣和恐未公！这是老师那首著名的七律《白沟》。老师世代业儒，感念前朝。地不动，水在流，而天却变了。从这首诗中，我觉出老师还没有从金、宋的笼罩中走进元朝。既然这样，可我不明白，此前老师为什么还有一次出仕的经历呢？

我憋不住，就问已经开始掘地的梁泰。梁泰停止了劳动，擦一把汗水，拉我在桃树下坐了下来。师弟，老师命苦啊，他三岁识字，六岁能诗，七岁能文，可他一出生母亲就难产而死，八岁上父亲和祖父又一起没了。他连给老人办丧事的钱都没有。亏了他的继母领着他找到了翰林侍制杨恕帮忙，才把祖父和父亲安葬了。就因为记挂着杨大人的恩典，想还他的人情，所以老师就在杨大人和河北道提刑按察使不忽木的引荐下，来到了大都，擢拜承德郎、右赞善大夫。老师是大儒，但他不单单想读书，他还想从政。因为，太子真金礼贤汉儒，推行新政。老师想完成他父亲没有完成的意愿。他父亲只做了个小小的武邑令，最后穷困而死。老师穷怕了，老师想凭自己的学问博得富贵，兼济天下。所以老师就站在了真金和不忽木的立场上，积极地参与新政。可太子没能斗过忽必烈宠信的阿合马一帮人，他们谗言称太子想夺皇位，结果被皇帝废了太子。真金这回怕了火，竟然惊吓而死，成了朽木。老师寄托在真金太子身上的希望破灭了，他称母亲有病就辞了官，回到了三台镇隐居。对了，道恒，你读过老师那首《秋莲》吗？那就是他回到三台镇写的。瘦影亭亭不自容，淡香杳杳欲谁通。不堪翠减红销际，更在淀清月冷中。

拟欲青房全晚节，岂知白露已秋风。盛衰老眼依然在，莫放扁舟酒易空。我接着师兄的茬口吟了出来。我说，我不但读过，我还知道老师这样一隐居就是二十多年。在你父亲梁浩然的帮助下，老师创办了静修院。潜心研究学问，写诗教学，不与公卿来往，独享淀水之乐。可老师的名气却大得如日中天。在北方，谁不知道崇尚"静以修身"、有诸葛孔明之誉的静修先生呢？所以，忽必烈明白了太子新政的意义，相继诛杀了阿合马和尚书右丞相桑哥后，又回头来诏老师回朝。这回忽必烈老小子给的可是集贤大学士、嘉算大夫，官居三品哪！师兄，这是多好的事情啊，你说老师为什么不去呢？不去也就罢了，还骂我，还让我俩来给他造墓。我见过人没死把棺木就造好了的，我可没见过人没死就自己掘土造墓的。嘻嘻，老师真是个怪人！

梁泰拍拍我肩膀，站了起来。他透过桃花的间隙，向天空望去。一行白鹭从芦苇丛中飞向了青天。老师一点也不怪，老师是想做那飞向青天的白鹭，可老师觉得他不是白鹭。老师其实是想一生不戚戚于贫贱、不汲汲于富贵的，可他曾经一时冲动，去了朝廷。这是他一生的悔啊！他就在这悔中折磨着自己，痛苦着自己。老师有了病。这病不是风痹病，不是疟疾，也不是因为儿子夭折了，是心病啊！你说老师有了这样的心病，他还能再去参与政治，再去参与宫廷之争吗！老师让我俩提前掘墓，是想让痛苦加剧，是想让死亡提前来临，是想要白洋淀的轻风和清水来过滤和洗刷他曾经的出仕之耻啊！

我不再说话，我默默地拿起铁锹，拼命地干起活来。我的汗水和着泪水哗哗地流淌下来。

坟墓掘好后，我的老师刘因住了进去。伴随着他的是满满一坟墓的书稿和不断凋谢的桃花。

坟墓前的桃花变成桃子的时候，年仅四十五岁的老师与世长辞。他的坟前，围满了悲伤的白鹭。他的身后，伫立着肃穆的静修学院。

响马盗

刘六一开始其实不是响马盗，他是缉拿响马盗的。只是后来才成了响马盗。这我最清楚。

我是明正德五年夏天与刘六相遇的。我们相遇的地方是离白洋淀不远的刘家圪垯。那时，我是来自蒙古草原的一匹军马，我和成百上千匹军马一同被官府分配给村民寄养。朝廷在直隶推行马政制度，刘家圪垯不得不把农田改成了牧场。望着绿油油的庄稼苗成片成片地毁坏，改种牧草，村民齐彦名一拳头将牧场砸出了一口土井。他雄壮的眼泪哗哗地流在了井里，填满了整个井口。他的身后，村民们这样的泪井连成了一片。

而刘六没有流泪。他喜欢马。他见了我喜笑颜开，铁塔一样的身体一下子骑到了我的背上。我被这突如其来的袭击惊乍了。我四蹄生风，鬃毛尽竖，硕大的头高昂着，乌云般深长的廓胸抖动着，嘴里发出一声声尖锐的嘶鸣。我想把这个黑漆的汉子摔下来，然后用我的四蹄去践踏他，然后骑上他，让他来当我的马。可光着膀子的刘六却像粘在了我的背上，我不得不听从他的调度，我被他的强悍所征服。

我被刘六拴在了他家的木桩上。我听见他在院子里大声吆喝，好马，好马，好马啊！老七，快，把上好的草料给马拌上！

比刘六还高半个头的刘七端着筛过的草料过来了。他摸摸我的头，摸摸我的臀，像摸他的新媳妇一样。嘿，哥，这马比我养的那几匹强多了，简直就是一匹望云骓呢！

于是我就叫了望云骓。

我的主人是官府。但这不妨碍我和刘六成为好朋友。他饲养着我，放牧着我，在我的背上使棍棒，拉弓箭，练刀枪。有时候，还和刘七立在马背上练对打，练擒拿，把我和其余几匹马培育得威武野性，斗劲十足。

并不是所有的军马都有我们这样幸运。那一年，皇室庄田不断增加，农田不断减少，加上夏季大旱，牧场草料不丰，许多农民无力饲养军马。种马饿死不少，自然马驹也就不能按时缴纳给官府。死了马还要赔偿，卖田产鬻儿女也要赔偿。为了活命，齐彦名就拉起一竿子人马，在白洋淀边做了响马盗。

开始，齐彦名是想拉刘六兄弟一起入伙的，可刘六回绝了他。刘六说，大丈夫骑射习武，是想报效朝廷，边关立功，怎么可以图一时的快意，去做响马呢！刘七也说，我哥说得在理，做响马可惜了他的望云骓呢！

齐彦名说，谁不想有个功名？可当今皇帝荒淫昏弱，宦官擅权，民困已极，庐舍几空。生且不保，何谈报国呢？说完，齐彦名长叹一声，别过刘氏兄弟，打马而去。

不久，刘六刘七报效朝廷的机会来了。明廷遣御史宁杲来此当了捕盗御史。哥俩便被招募入衙，协助擒捉盗寇。我就跟着刘六做了校尉。我马不停蹄，几月踏尽了直隶大地。刘六连着破了几个大案，也把响马齐彦名赶进了白洋淀里，让他由响马变成了水马。

直隶地面一时太平。我就被宁杲赏赐给了刘六。同时赏赐给刘氏兄弟的，还有许多银子和布匹绢纱。刘六命刘七把银子和布匹绢纱分给了刘家圪垯的村民们，然后带着家眷来到京城，在朝廷当了侍卫。刘七穿上了正式的军服，喜滋滋地对刘六说，哥，亏了咱没跟齐彦名去做响马，要不咱还在那乡间泽野当流寇呢！刘六正色道，老七，瞧你这没成色的，给你个侍卫就不知东西南北了，我的志向是当骠骑大将军，骑着望云骓铁马金戈驰骋疆场！刘七就赤红了脸，蔫蔫的喂马去了。

刘六的将军梦断在了梁洪的手里。梁洪在一次酒后拦住了刘六和刘七。梁洪抓住我的头，我灵敏的鼻子闻到了浓烈的酒气。我听见梁洪醉醺醺地说，刘……刘侍卫，听说你们哥俩缉盗有功，受了许多赏赐，我这些天手头紧张，能不能借一千两银子花花？以后，我可以向我干爹刘瑾举荐……举荐你们！

刘六下得马来，把梁洪的手从我的头上拿开，没有说话。刘七却放马过来，猛力把梁洪冲倒，大声嚷嚷，你是什么鸟人？敢勒索刘爷爷？漫说没有银子，就是有，放了赈济也不会给你这狗仗人势的东西！

刘六扶起梁洪，弹去他衣服上的泥土，陪着小心说，梁大人，我是受了些赏赐，可都分给了村里的百姓了，实在是拿不出那么多。这样吧，你以后的酒钱，就记我的账好了！

梁洪啪一巴掌就掴在了我主人的脸上。我冲上前去，想用后蹄踢他，主人却把我拦住了。我只有闷闷地随他回家。

大宦官刘瑾出场了。他把宁杲叫到了京城，又在皇帝面前告了一状。刘六刘七就由侍卫变成了响马盗齐彦名的内线。证据就是刘七送给齐家的银子和布匹绢纱。

刘六刘七被关进了监狱。刘家被抄掠一空，老少男女尽遭杀戮。

只有我乘云而奔逃出了京城。我的哀鸣引来了响马齐彦名。我带着他星夜来京，浩大的响马队伍从白洋淀冲到了北京城，冲到了法场，救出了刘氏兄弟。

想当将军的刘六刘七就这样当了响马盗。他们扯起了义旗，义旗上醒目地绣上了两行大字：虎贲三千，直抵幽燕之地；龙飞九五，重开混沌之天。

忠魂补

瓷碗片：别看嘉靖皇帝尊道，可廷杖大臣从不含糊。他曾经同时廷杖过一百二十四名大臣，十六人当场暴毙。亏了监刑官脚尖闭合，没有照实打，杨继盛才得以活命。可即使这样，他也腿骨折断，腿肉尽烂。在昏迷中他被拖回了诏狱牢房。那个看管他的老狱卒嘟哝着，这不是杨大人吗？怎么你又来了呢？这地方哪能常来啊！老狱卒给他简单包扎了一下伤口，等他醒来，就偷偷地把一个瓷碗端到了他的面前。狱卒说，这是王世贞大人送来的蟒蛇胆，可以清热止痛的，你快喝了吧！杨继盛靠着墙坐起来。他喘着气，慢慢接过瓷碗，看着碗中漂浮行走的蛇胆，他仿佛看到了好友的一片心。但他没有喝下去，他说我杨继盛自己有胆，用不着蛇胆！说着就把瓷碗往地上摔去。瓷碗碎了，蛇胆带着血迹飘走了。我就是碎在地上的一块瓷碗片。我被杨继盛抓到了手里。本来我以为他会用我割断自己的喉咙的，可我错了。他用右手捏着我，用我并不锋利的茬口，去刮去割感染腐烂的碎肉。我深入肉里，深入腿里，我快意在血腥和恶臭里。我在杨继盛骨头的边缘上发出了咯咯儿的声响，银白色的骨头慢慢显露。可还有一根筋在晃悠，我就向筋割去。筋很柔韧，不容易断。我不停地割，甚至被筋磨得有些发紧。就在我的茬口和棱角快被磨圆的时候，筋终于断了。我被杨继盛扔在地上，我听见了他舒畅地喘了一口长气。一群苍蝇扑了过来，包围了我和那团割下的烂肉。

诏狱卒：杨大人是第二次被投进诏狱的。他爱管闲事的老毛病又犯了。他第一次管闲事管的是大将军仇鸾。按说作为礼部主事，管这事也管得着，可人家仇鸾是谁？是内阁首辅严嵩的干儿子。这事就有些难管了。杨大人偏就知难而上，越过严嵩，给嘉靖皇帝上了一个《"十不可五谬"疏》，弹劾仇鸾。那仇鸾的作为确实有失大明体面。蒙古鞑靼俺答汗部引兵南下，逼近北京，皇帝让他带兵御防。你猜他怎么着？不让军队抵抗，与俺答汗暗地讲和，又谋求通商互市。俺答汗不费一兵一卒，占了地盘，还抢掠了金银财宝和美女，当然愿意。可杨继盛不愿意了。他说仇鸾议和示弱，有辱国体。皇帝本来要治仇鸾罪的，那严嵩就给他辩解说他有安抚胡人之才能，又说杨大人好战，总想挑起战火，耗费大明财力物力。而最要紧的是关键时候，仇鸾把自己的爱妾献给了皇帝。你猜皇帝怎么着？就把杨大人下了诏狱。多蒙王世贞和徐阶保奏，他才出狱，被发配去了甘肃狄道，做了个小小的典史。后来，仇鸾和严嵩争宠，严嵩就把仇鸾请降求和的事情端出来了，仇鸾就给吓死了。皇帝才把杨大人又召回了京城。严首辅给杨大人接风洗尘，大赞他在狄道的政绩。又把杨大人的职务一年四迁，最后让他做了兵部员外郎。要是换了我，做这么大的官，咱早就感激涕零，投到严大人门下了。可不知杨大人怎么想的，偏就不领情。又鼓捣出来一个《请诛严嵩疏》，列举了严大人五奸十罪，死劾严大人。皇帝是在道观炼丹的时候看的这个奏折，还没等他醒过闷来，严大人就送来了一篇辞藻华丽、文采飞扬的青词，颂扬嘉靖尊道教敬天地的壮举。然后又对皇帝说，杨继盛非难皇上，说吾皇疏于朝政，装神弄鬼，连宫女都想勒死你呢！皇帝就怕旋风揭他的短，一怒之下就又把杨大人下了诏狱。这回可没有上次幸运了。进来的那一天，就受了廷杖一百的处罚。杨大人，你一根筋，你说你傻不傻？

杨张氏：我是在白洋淀畔的保定府跟随杨继盛走进官场的风口浪尖的。一路颠簸着，惊吓着，根本没有享受到应有的夫贵妻荣。也许他不该出来做官。他懂诗词歌赋，懂音律器乐，他更适合搞艺术。他是苦出身，母亲早亡，从小就给人放牛。继母待他很不好，十三岁才让他读书，三十二岁才中进士。直到现在满打满算他出仕才六年啊！他不会见风使舵，不会巴结逢迎，更不会隐瞒自己的观点。我常让他向徐阶学着点，斗不过人家就先忍了吧。可他脖子一梗，我就是我，凭什么学人？其实第一次从诏狱出来我是主张回白洋淀老家的。他却说听皇上的，皇上让他去哪里他就去哪里。他还说，我就不相信皇上永远会被他们蒙蔽。于是我们就来到了狄道。在狄道，为帮助穷苦孩子读书识字，他把自己的马和我的衣服首饰都卖了。你说天底下哪有这样的傻官啊！当皇帝再一次召他回京的时候，他喝醉了，挥泪写下了"铁肩担道义，辣手著文章"的对联。他对这次回京寄予了厚望啊！可是他仍然没改他的老毛病。严嵩不是仇鸾。与严嵩斗，无疑以卵击石。这下惨了吧！严嵩肯定会要他的命的。他一日不死，就总是严嵩的心病。可有什么办法让他不死呢？我想来想去，决定向皇帝上书，如果非得定他死罪的话，就让我替他去死吧！他还不到四十岁，还能为大明做很多事情。我找到了严嵩，我把奏折交给了他。

诏狱卒：杨夫人也傻啊！你不应把奏折交给严大人，你应该交给皇上啊！你交给严大人他还能递上去？没办法，严大人现在比杨大人在皇上那里更大人。这是满朝文武都知道的常识。严大人让谁死谁就得死。

瓷碗片：杨继盛死了。他被处斩于京城西市。临行前，他写下了一首绝命诗：浩气还太虚，丹心照千古。生平未报国，留作忠魂补。现在，这诗稿沾着他的血迹就压在我的身下。我感觉身下的纸片在黑暗的诏狱里炽烈地燃烧。我成了一块燃烧的瓷碗片。

诏狱卒：我带着那块滚烫的瓷碗片和诗稿来到了杨府，发现那个比杨大人更傻的杨夫人自缢身亡了。我没有回诏狱，我辞了职。七年后，严嵩被礼部尚书、东阁大学士徐阶斗倒。皇帝为杨大人建了一座旌忠祠，我就去那里做了看守。

谁杀我

扁鹊终于来到了秦国。

来到秦国的当天，他就被太医令李醯请进了咸阳宫。

李醯是奉命请扁鹊给秦武王治病的。正值盛年的秦武王本来要出征韩国的，可突然面部就长了一个肿瘤。这使他平定战国诸雄的计划不得不往后推迟。太医令李醯久治不愈，武王大为恼火。李醯情急之下，连忙修书一封，火速派人邀来了在齐国行医的扁鹊。

扁鹊进宫，没有看传说中暴戾的秦王，只看见了那颗长在耳前目下的肿瘤。扁鹊对着肿瘤说，无妨，很简单，我用砭弹手术即可除掉的！

秦王不语，群臣大哗。李醯趋前一躬，对扁鹊和秦王说，此疾长在近眼之处，万一手术不成，大王就可能耳不聪目不明了。

扁鹊摇摇头，收拾了药石器械，转身欲走，秦武王急忙起身，一把拉住了扁鹊，用秦国人所不曾见到的温和说，先生莫走，寡人同意手术！

手术很顺利。不久秦武王病愈。病愈的秦武王再一次把扁鹊召进了咸阳宫。武王说，先生，寡人想让你留在秦国，寡人的大业需要你啊！

扁鹊手持长髯朗朗一笑，大王，民间的百姓更需要我，我是属于天下人的。再说，李醯的医术足可以帮你平定天下的。

扁鹊在又一次医好了武王的举鼎伤骨之后，准备带着弟子子仪、侠妹夫妇离开秦国了。临行那天，太医令李醯置酒为扁鹊师徒饯行。李醯连敬扁鹊三碗秦国老酒，然后扑通一声跪倒尘埃，你一路走好啊！

李醯派人护送扁鹊师徒出了咸阳城。

医途漫漫，转眼已是秋天。扁鹊行医来到了崤山脚下。过了崤山就是魏国，魏文王已派人在山那边等候了。扁鹊想，治好魏文王的病，我就该回郑州，回白洋淀老家了。我已经出来得太久了。

师徒三人正要过山，却见山脚下茅草房里蹒跚走出一个满脸皱褶的老妪。老妪颤巍巍地说，先生，我家老汉病了，很重，已经几天水米不进了，求你们给看看吧！

扁鹊停止了上山的脚步。他让子仪夫妇先过山，自己急忙随老妪走进了黑漆漆的茅草房。那生病的老汉头发蓬乱，脸色蜡黄，披着破被坐在床沿。扁鹊伸出右手正要给病人把脉，冷不丁却被病人抓住了，而且扣住了脉门，同时，一柄尖刀抵住了他的心窝。

终于等到你了，扁鹊先生！病老汉甩掉破被，抹下假发和脸上的伪装，声音坚硬地说。

你是刺客？扁鹊平静地问。

是的。刺客爽快地答。

我和你往日无冤，近日无仇，你为何要杀我？扁鹊那双能透视病情的眼睛针一样扎过来，刺客的眼睛就收缩痉挛了一下，我……我杀你不为冤仇。

那就是秦武王派你来杀我的了，我没有答应侍奉他，他一定恼恨于我了。扁鹊抽了抽手，抽不动，反被刺客往怀里拉了一下，锐利的刀尖就刺破了扁鹊的衣服。

不是武王，武王想杀你，你出不来咸阳宫的，刺客握刀的手颤抖了。

这就怪了。要离刺杀庆忌，是因庆忌制造内乱；专诸刺杀王僚，是为争权；豫让刺杀赵襄子，是为报仇。想我扁鹊一介布衣，凭医术周游列国，普救苍生，既不争权夺势，也无恃宠篡位，谁要杀我？

刺客说，是你自己！想先生精通望闻问切，救赵简子，生虢太子，识病齐桓侯，医治秦武王，针石如神，名冠诸侯。别人所不能而先生能，先生以为这是好事，还是祸事？

一阵秋风刮进了草房，几片树叶扫在了扁鹊的脸上。扁鹊禁不住咳嗽了一声，刺客的刀子就扎进了扁鹊的肉里，如此说来，是李醯派你来的？

　　刺客点头，扣住扁鹊脉门的手，用了点力道，先生，李醯是怕你夺了他的太医令啊！

　　扁鹊又咳嗽了两声，刺客的刀子就刺进了扁鹊的心窝。神医的鲜血就顺着淬毒的刀子涌了出来。

　　你知道我和李醯有什么渊源吗？扁鹊忍着疼痛，望着刺客，眼睛分明黯淡了光芒。

　　天下人都知道你们是白洋淀老乡，是师兄弟，年轻时一起师从长桑君的！

　　可你和天下人都不知道另一层秘密，这是我们的约定。我和李醯是同母异父的兄弟！他杀了我，秦武王不会饶他，天下人不会饶他，家乡人不会饶他，历史也不会饶他，这等于是他——杀——了——自——己——啊！

　　刺客一惊，欲抽回刀子。可晚了，扁鹊已经扑倒在了床沿上。

　　草房外，响起了急促的脚步声。是子仪、佚妹带人下山来了。

水家乡

鸬鹚

我曾是一只野生的鸬鹚。我每年都从遥远的北方飞到遥远的南方去。白洋淀是我们候鸟的中转站。

可那年我被渔民陈瞎子的渔网逮住了，我就留在了白洋淀。陈瞎子当初是不瞎的，只是后来被我啄瞎了。那天，我飞过浩渺的水面，飞过远接百里的芦苇荡，来到了荷花淀。我看见了满淀的荷花艳丽无比，我看见了成群的鱼儿跳出水面闻香戏荷，我还看见了一群姑娘划着小船唱着渔歌采摘莲蓬。我落在一片硕大的荷叶上，将我鹰般的身体缩成了一只鸭的模样，我锐利的嘴被眼前的美景磨圆了。我忘记了自己是一个捕鱼高手。我想就是现在饿死，我也不愿破坏眼前的宁静啊。我呆了，我醉了。

不知过了多久，我的眼前刷地落下一道白光。荷叶倾倒，荷花飘零。我就被一张渔网罩住了。渔网慢慢收拢，提起后，透过缝隙，我看到了苇帽下一张黝黑年轻的脸，在船上，在阳光里得意地笑着，笑得眼睛都没了缝隙。我一下子就被激怒了。我缩成鸭一样的身体恢复了鹰的模样，铁青的羽毛闪着冷光，我磨圆的嘴重归锐利。等到那人撒网抓住我的双腿时，我奋力一扑，就啄住了他的左眼。我狠命地在缝隙中嵌入我钩状的嘴，一股鲜红顺着我的嘴汩汩而出……从此，陈大船就成了陈瞎子。

我还是成了陈瞎子的俘虏。我时刻准备迎接陈瞎子对我的报复。然而，陈瞎

44

子眼伤痊愈以后，却给我带来了一只漂亮的母鸬鹚：它羽毛洁白，双目含春，翅膀缓缓扇动，犹如一团芦花飘落在了船上。我感受到了它强烈的召唤和无声的撞击。我在船头呐喊着，跳跃着，挣脱了捆我的绳索，一头扎进了汪洋恣肆的大淀。不一会儿，我叼上来一条欢蹦乱跳的红鲤。我把红鲤送到了白鸬的面前，我轻啄着它光滑柔顺的羽毛，急不可耐地说，白鸬，我不走了。

我就这样留了下来。陈瞎子成了我的主人。我开始接受他对我的驯化。不久，我和白鸬开始在白洋淀生儿育女了。白洋淀成了我的家乡。

鱼　鹰

几年以后，陈瞎子成了白洋淀有名的鹰王。我们一家十口都成了他的鱼鹰。

做鱼鹰是一件辛苦的事情。我们经常是清早就随陈瞎子进淀，傍晚才上岸。清早和傍晚鱼多，捕上来的鱼很快能让鱼贩子在早市和晚市上卖掉。陈瞎子真是一个精明的渔人。他总是卖给人们新鲜的鱼。陈瞎子的精明还体现在对我们的使用上。他在我们的脖颈上套一个草环，然后"嘎嗨嗨，嘎嗨嗨"地唱着，用竹竿拍打着淀水赶我们下船。我们抓到大鱼，只能吞一半，留一半，叼上船，他就让我们全部吐出来，只让我们吃他准备好的小鱼、黄鳝和猪肠。

可我们还是乐此不疲。我和我的白鸬率领儿女们不停地游动在风景秀丽的白洋淀里。草青青淀水明，小船满载鸬鹚行。鸬鹚敛翼欲下水，只待渔翁口令声……我们在捕鱼生涯里练就了高超的本领。我们每只鸬鹚单独作战，每天能从淀里逮住二三斤重的鱼。碰到大鱼，我们就协同作战。记得那一次围攻荷花淀里的鱼王花头，我、白鸬和儿女们有的啄眼，有的叼尾，有的衔鳍，一起把花头弄上了船。陈瞎子逢人便讲，我这鹰王逮住了鱼王，奶奶的，六十多斤呢！听到这话，看着陈瞎子独眼里抑制不住的光芒，我也用我的黑翅膀覆住白鸬的白翅膀，在儿女们的欢呼声里柔情地啄着它的脖颈。做鱼鹰真是一件幸福的事情。卖了那条大鱼以后，陈瞎子的好运来了。他换了大船，娶了媳妇儿，转年就有了一个双目齐全的儿子。

老　等

陈瞎子的好日月终于在白洋淀几度干涸后结束了。就像他的老婆在生完第四个孩子后突然病死一样。水干了，鱼净了，鱼鹰便没有了用场。我、白鸬和孩子们也难逃厄运。我的儿女们先后被陈瞎子卖到了南方，只剩下我、白鸬，一起陪着陈瞎子慢慢老去。

终于，在芦苇干枯、荷花凋败的时节，和我一起生活了二十多年的白鸬在吃了一只有毒的田鼠之后离开了我和陈瞎子。陈瞎子夹着铁锹，抱着白鸬，肩扛着我来到了村边的小岛上。他挖了个坑，把白鸬埋了。陈瞎子盖好最后一锹土的时候，我发现他的独眼里滚下了几大滴混浊的老泪。就在埋白鸬不远的地方，有一座孤坟，那是他老婆长眠的地方。

陈瞎子流完泪，把我抱住，一边梳理着我脏乱的羽毛，一边絮絮叨叨地说，老伙计，你走吧，天快冷了，你飞到南方去吧。淀里建了个旅游岛，再不去，你就会被我卖到那里供游人观赏了。没有了野生鱼，他们养了鱼，要你抓鱼表演给游人看呢！

陈瞎子把我往蓝天上送去。我抖动着衰老的翅膀，嘎嘎地叫了两声，艰难而又奋力地开始了许久不曾有过的飞翔。

我终于没能飞出白洋淀。尽管我曾是一只野生的鸬鹚，可我一点也找不到从前的野性。我已经融入了这方水土。白洋淀就是我的家乡。我在这个小岛上筑巢而居。我在干旱的淀边，凝望着天空，凝望着远方。我伸长了脖子久久地等待。我愿意做白洋淀最后的一只鱼鹰，最后的一个守候者。一直等到水的到来，一直等到鱼的到来。

后来，我就成了白洋淀一只长脖子老等。

岸上鱼

红鲤逃离白洋淀，开始了在岸上的行走。她的背鳍、腹鳍、胸鳍和臀鳍便化为了四足。在炎热的阳光和频繁的风雨中，红鲤细嫩的身子逐渐粗糙，一身赤红演变成青苍，漂亮的鳞片开始脱落，美丽的尾巴也被撕裂成碎片。然而红鲤仍倔强而执著地行走着，离水越来越远。

其实红鲤何尝不眷恋那清纯澄明的白洋淀水呢？那里曾是她的家园呀！那荷、那莲、那苇、那菱，甚至那叫不上名来的蓊蓊郁郁密密匝匝的水草，都让她充满了无尽的遐想。她和她的父辈母辈、兄弟姐妹在这一方碧水里遨游、嬉戏、生存，实在是一种极大的快乐啊！更何况红鲤是同类中最招喜爱最受羡慕最出类拔萃的宠儿呢！她有着与众不同的赤红的锦鳞，有着一条细长而美丽的尾巴，有着一身潜游仰泳的本领。因此红鲤承受着同类太多的呵护和太多的爱怜。

如果不是逃避老黑的魔掌，如果不是遇到白鲢，如果不是渔人们不停息地追捕，红鲤也许就平静地在白洋淀里生活了，直到衰老死亡，直到化为白洋淀的一朵小小的浪花。

厄运开始于那个炎热的夏天。天气干燥久无雨霖，白洋淀水位骤降，红鲤家族居住的明珠淀只剩下了半米深的水。红鲤家族不得不在一天夜里开始向深水里迁移。迁移途中，鲤鱼们遭到了一群黑鱼的袭击。那是一场心惊肉跳的厮杀。黑涛翻腾，白浪迸溅，红波激荡，鲤鱼们伤亡惨重。最后的结局是红鲤被黑鱼族头领老黑猎获，鲤鱼们才得以通行。

其实老黑早就风闻着垂涎着红鲤的美丽，因此老黑有预谋地安排了这次伏击战。老黑将红鲤俘获到他的洞穴，以一个胜利者的姿态享受着红鲤，折磨着红鲤，糟蹋着红鲤。红鲤身上满布齿痕和伤口，晶莹剔透的眼睛不几天就暗淡了下去。红鲤忍受着、煎熬着，也暗暗地寻找着逃跑的机会。

中午是老黑最为倦怠的时刻。为逃避渔人们的捕杀，老黑不敢出洞，常常是吃完夜间觅来的食物后便沉入梦乡。就是中午，红鲤悄悄地挣开老黑粗硬尾巴和长须的缠绕，轻甩尾鳍，打一个挺儿便钻出了黑鱼洞，浮上了水面。红鲤望见了水一样的天空，望见了鱼一样的鸟儿，望见了树叶一样飘浮的渔船。老黑率领一群黑鱼一路啸叫追逐而来。红鲤急中生智，躲到了一只渔船的尾部。她看到渔船上那个头戴雨笠的年轻渔人甩出了一面大大的旋网，旋网在空中生动地划一个圆，便准准地罩住了黑鱼群。

红鲤扁扁嘴，一个猛子扎入深水，向远处游去。接下来的日子，红鲤开始了对红鲤家族的寻找。寻找一度成为红鲤生命的主题。在寻找中，红鲤的伤口发了炎，加之不易觅食，又饿又痛，终于昏倒在寻找的水道上。

这时，白鲢出现在红鲤的生死线上。白鲢将红鲤拖进了荷花淀。白鲢用嘴吮吸清洗红鲤的伤口，一口一口地喂她食物。红鲤便复苏在白鲢的绵绵柔情里。

荷花淀里便多了一对亲密的俪影。红鲤红，白鲢白，藕花映日，荷叶如盖。红鲤和白鲢在无数个白天和夜晚听渔歌互答，看鸥鸟飞徊，享鱼水之欢。白鲢就对红鲤说，天空的鸟自由，也比不过我们呢，它们飞上天空，不知被多少猎枪瞄着呢！红鲤就提醒说，我们也不自由呀，荷花淀外的渔船一只挨一只，人们各式各样的渔具，都在威胁着我们，说不定哪一天我们就会成为网中之鱼呢！

果然，不幸被红鲤言中。一个午后，白鲢和红鲤出外觅食，兴之所至，便远离了荷花淀。他们穿过了一道又一道苇箔，绕过一条又一条粘网，闪过一只又一只鱼叉，快活地畅游、嬉戏、交欢。他们来到了一个细长而悠邃的港汊间。这时，一只嗒嗒作响的渔船开过来，白鲢看见一柄长长的鱼竿伸下，一个圆乎乎的铁圈拖着长长的电线冲他们伸来。白鲢用尾巴一扫红鲤，喊了声快跑，便觉一股电流划过，一阵晕眩，就失去了知觉。

红鲤亲眼目睹了白鲢被电船电翻打捞上去的经过。红鲤扎入青泥中紧贴苇根再不愿动弹。她陷入了绝望和恐惧之中。一个越来越清晰的念头强烈地震撼着她：离开这里，离开水，离开离开离开——

天黑了，一声炸雷响起，暴风雨来了。红鲤缓慢地浮上水面。暴雨如注，水面一片苍茫。红鲤一个又一个地打着挺儿，一个又一个地翻着跟头。突然又一阵更大的雷声，又一道更亮的闪电，红鲤抖尾振鳍昂首收腹，一头冲进了暴风雨，然后逆流而上，鸟一样跨过白洋淀，竟然飞落到了岸上。

那场暴风雨过去，红鲤便开始了岸上的行走。

此时红鲤的腹内已经有了白鲢的种子，可悲的是白鲢还不知道，他永远也不会知道了。就为了白鲢，她也要在岸上走下去。

红鲤不相信鱼儿离不开水这句话。她要创造一个鱼儿离水也能活的神话，她要寻找一块能够自由栖息自由生活的陆地。

那个夏天过后，陆地上出现了一群行走着的鱼。

鱼非鱼

我是鱼

我是鱼。我是荷花淀里的一条黄鲤。自从我的孪生姐妹红鲤在那个夏天逃离白洋淀行走在岸上之后，我就成了鲤鱼家族的鱼尖儿。我享受着同类的百般呵护和万千宠爱。我披着一身锦鳞自由地游泳；我打着挺儿妩媚地歌唱；我跳到碧绿的荷叶间激情地舞蹈。那时，我不是一条鱼，我是鲤鱼王国里一个骄傲的公主。

然而，骄傲的公主不久便遇到了麻烦。我遭遇了花头的追逐。花头是白鲢家族的首领，它的弟弟白鲢和我姐姐红鲤的爱情故事曾经在白洋淀三百六十个淀泊广为传颂。但是花头就不一样了，它粗壮威猛，恃强凌弱，小鱼小虾经常成为它的口中之物。在它栖息的巢穴里，还经常有神情倦怠的鱼儿舔舐着伤口黯然离去，有的一边流血还一边甩籽。它是花头，它更是魔头。

花头是在我出外游玩的归途中拦住我的。它足有一米长的身躯横亘在荷花淀的入口处，眼光湿润润黏糊糊地罩住我，巨鳃不停地翕动。花头说，黄鲤黄鲤，跟我回去！我扁扁嘴，没有理它。它就一口叼住了我的尾巴，叼着拖到了它的巢穴。然后用背、腹、胸及尾部的鳍将我缠绕了起来。我不能挣脱。我流着眼泪喃喃絮语，你这花头，知道母鱼们为什么不喜欢你吗？因为你不会像白鲢对待红鲤那样对待我们啊。

我会我会，我改我改！花头突地就松开了鳍，接着把我推出巢穴，让一群鲢鱼送我回家。

其后我就目睹了花头的变化。它不再吞食小鱼小虾。它捣毁了自己的巢穴，把所有囚禁的母鱼都放了出来。那一段时间里，水下太平，各种生物和睦相处，荷花淀里时时泛起欢乐的浪花和动情的歌声。

随之就是那次大迁徙的到来。由于连年干旱，白洋淀水位急剧下降。荷花淀的鱼们不得不向深水淀泊迁徙。我随着鱼群游着，游过花头的巢穴。我看见鲢鱼们都走光了，只有花头守在那里，双眼空洞地望着远方浑浊的水域。

我说，花头走吧，不走会遭殃的！花头没有扭头，只是凄凉地说，黄鲤，是你呀，我在这里待了大半生，不想走，也走不动了！

我就是在这时发现花头的眼睛失明的。我问它怎么回事，它说前几天吃了游人丢弃的一堆食物，眼睛突然就变成这样了。

我为花头唏嘘不已。我决定留下来，留下来照顾花头。我改变了花头，我没有理由抛弃花头。

水位持续下降。可供我和花头栖息的水域逐渐缩小。当荷花淀仅剩下一间房子大小的水面时，我和花头被一个渔民捕捞了上来。

我是观赏鱼

我和花头成了观赏鱼。荷花淀干涸了，人们筑土为岛，建起了鸳鸯岛旅游区。鸳鸯岛主将我和花头买来放进了观鱼港，和先后放进来的大大小小各种各样的鱼们一起成了观赏鱼。

在别的鱼看来，成为观赏鱼是件很开心的事情。但我不，花头也不。于是人们看到一尾金鳞闪烁的黄鲤寂寞地游荡在喧闹的背后，看到一条硕大的白鲢王孤独强硬地仰躺在水面上。有鱼食投下了。又有鱼食投下了。我没动。花头也没动。我听见了一个儿童尖细的嗓音在嚷：

看，爸爸，那条黄鲤怎么不吃我给它的食物呢？

它是条傻鱼。一个男人回答。

还有这条大鱼，它不吃，也不动。

它是条死鱼。男人又答。

傻鱼？死鱼？我气愤地一下跃出水面，盯了那个男人一眼，然后又疯狂地游到花头身边，用头顶着它，嘶哑着嗓子喊，花头，你死了吗？你死了吗花头？花头仍然一动不动。它只是慢慢地吸水，吸了好长时间，突然一仰头，急促地将水喷到了那个男人的身上。游客们惊呼着往后退去，花头也幽幽地吐出了几个字，我没死，但快了。

花头是有预感的。几天后，一个外国旅游团来到了鸳鸯岛。他们看上了花头，花重金要清蒸这条白洋淀最大的鱼王。人们开始追捕花头。花头反抗着追捕。它上下翻飞，左右摆动，撕裂了罩，撞破了网，最后它被逼到了观鱼港最狭窄的角落，一个跳跃，硕大的身躯向水泥池墙猛地撞去。血立时洇红了观鱼港，所有的观赏鱼都被血腥浸染透了……

我是鱼

花头死了。它没有被吃掉。鸳鸯岛主将重金退给了外国游客。岛上的员工把花头打捞上来，擦洗干净，放在了一条盛满水的机帆船上。同时放进去的还有我，和所有的观赏鱼们。

机帆船载着我们进入了一片浩渺的水域。这里，远处有苇，近处有荷，水面有菱。天边，还有一群鸥鸟在鸣叫飞徊。

我和观赏鱼们在船舱里被捞了上来，又被放进大淀里。一沾久违的淀水，我就又找回了往昔的黄鲤。

鱼们四散而去。我找到了同样被放进淀里的花头。我依偎着它一点儿一点儿下沉的身体，用水一样的声音轻轻地告诉它，花头你醒醒，我们自由了……

乐园颂

我是鸟。也许我是白鹤灰鹤丹顶鹤，也许我是白鹳黑鹳白天鹅，也许我是夜莺大鸨秋沙鸭。我是鸟。也许是雄鸟，也许是雌鸟。也许是一只鸟，也许是一群鸟。我觉得这并不重要，重要的是我是候鸟，我离不开飞翔。

我们选择了白洋淀湿地作为漫漫长途的驿站。我们逐水草而来，我们循春风而来，我们在这里留下翻飞的俪影，我们在这里洒落嘹亮的鸣唱，我们在这里培植爱情、繁衍后代。我们因湿地而精灵，湿地因我们而著名。

然而，鸟与自然与人类并不是一贯和谐的。狂风骤雨、冰雹霜雪等自然灾害有时会造成鸟类的自然死亡，但这还不是主要威胁，我们最大的敌人一度却是万物之灵——人类。我们是鸟，有的人喜爱，有的人呵护，也有的人以猎杀猎捕我们为乐。曾经有一些时候，猎网、猎枪、猎夹、陷阱布成地网天罗，处处窥视、觊觎着我们，令我们防不胜防。我目睹过我的同类成为笼中、网中的猎物，成为枪下的幽魂，成为鸟类交易市场上的商品，成为人类酒宴上的佳肴……这幕幕惨剧曾让我一度视湿地为牢狱，为灾难之地。在我两岁的时候，我也被双管猎枪击中翅膀，就在那条古老的千里堤上，我的血染红了身下的蒲草……

是一个放风筝的漂亮女孩把我救了。她把我抱回家中，请做医生的父亲为我治好了伤口，又把我送到当地政府修建的公园里。这个孩子爱鸟护鸟的故事很快就传开了，还上了当地的晚报。

就在放飞我重归蓝天的仪式过后不久，当地政府成立了湿地和鸟类自然保护区，爱护湿地保护野生动物被提到了重要议事日程。这里取缔了鸟类交易市场。

收缴了猎枪，发现捕杀鸟类的行为给以重罚，国家还投资上亿元购买黄河水注入湿地，并建立了绿色保护林带，清理湿地周边的污染源。湿地重新成为鸟类的乐园。

后来的消息更令我们鸟类振奋。国际社会缔结了《湿地公约》，有了世界湿地日，有了世界爱鸟日。白洋淀湿地也先后被定为省级自然保护区、国家级自然保护区。鸟是不分国界的。我们是大自然的重要成员，是农林牧业的卫士，是人类的朋友，保护我们就是保护人类的家园，就是保护人类自己啊！一场全球性的保护湿地保护鸟类的工程已经开始了。我们能够更好地飞翔了，我们能够更快乐地飞翔了，我们能够为净化世界环境而幸福地飞翔了。我们还有什么可忧虑的呢？

就在又一个世界爱鸟日到来的时候，我再一次飞到了白洋淀湿地。此时我已经进入了壮年时期，我成了一支候鸟队伍的头鸟。我的身后飞着我的家族，我的子孙们。我们栖息在一个护鸟老人的房子上，房子正面写着两个大字：爱鸟。背面也写着两个大字：爱鸟。此时春风浩荡，阳光媚艳，芦苇碧绿，勃发着抑制不住的澎湃生机。我向我家族的每个成员讲述着这块湿地的历史，讲述着人们爱鸟的美丽故事，讲述着候鸟们迁徙的艰辛和飞翔的乐趣，也讲述着湿地逐渐成为鸟类乐园的变化进程，我甚至用歇了一冬的嗓子吟唱了一句古诗：候鸟枝头亦朋友，芦苇水面皆文章……

我的鸣唱赢得了大家的合唱。那是我们自由的鸣唱，那是我们由衷的赞歌，那是从乐园里才能发出的独有的旋律。一时鹳歌鹤舞，景象万千。

之后，我双腿竖起，迎风舒展开健美丰硕的羽翼，开始了新一轮的飞翔。我家族的每一个成员也都紧随其后，飞离了湿地，飞向了蓝天。

就这样，一只鸟，或者一群鸟，从乐园出发，又向乐园飞去。

绝　游

　　皇帝原是个风流的皇帝，皇帝也是个恣意山水的皇帝。于是，皇帝在放情大江南北之后又来白洋淀秋游了。

　　下銮驾，上龙舟，穿渔村，过水寨，数鸥飞鸟徊，看柳绿荷红，皇帝不禁诗兴勃发，手捻龙须随口吟道：遥看白洋水，帆开远树丛，流平波不动，翠色满湖中。随行的大臣武士齐声喝彩。皇帝微笑着，转身对为首的吏部天官张仕真说，张爱卿，你说朕这首绝句的意境如何呀？

　　妙！张仕真趋步上前，双手一拱，臣在水乡生活多年，一直到京城随从皇上，都没吟出这样的好诗，惭愧了，惭愧了。

　　皇上，你能不能把这诗御笔亲书，赠给我的家乡呢？张仕真又是双手一拱。

　　张爱卿你不提醒朕倒忘了，白洋淀是你的家乡呢！皇帝拍拍额头说，难怪你一向好文才好聪明，你是沾了这一方秀水的光呢！

　　张爱卿，题诗不题诗的无所谓，朕倒想去你的庄上看看！皇帝又说。

　　张仕真便撤身走到舟首，拍拍那位光脊梁的粗大船工，走，后生，带皇上去咱们村。后生便攒足了劲驾船。几只龙舟相跟着在港汊水道间依次迤逦而行。皇帝饱览着水乡风光，心想：都说做皇帝好，有什么好？整天上朝呀，议政呀，处理奏表呀，烦着呢！想玩了连个好去处也没有。哪如做个平头百姓，划船呀，打鱼呀，游玩呀，无忧无虑，多好的日月！唉，只可惜这次出来没带得一个妃子，要不然在这水乡过上几天平民生活，躲避一下皇宫的喧嚣，倒不失为一种滋润。

　　皇上，你瞧，前面就是了。船工的话止住了皇帝的遥想。皇帝回过神来，一个四面皆水绿树环绕的村庄便晃在眼前了。皇帝的眼神便在村边开始游荡，大臣们也纷纷挤到舟首。

皇上，我们庄北有一处绝好的苇塘呢！张仕真说。

苇塘里鸪丁、野鸭、苇碴子鸟比淀里的鱼还多，正好打水围呢！张仕真又说。

皇帝却没言语。皇帝的眼神游荡了一圈，由远及近视线就挂在了村头。村头的阳光下，赫然一座碾棚。碾棚里一个女子正在推碾。那女子一身红衣，一头青丝，一圈圈推着石碾，缤纷着汗水的脸庞红润而娇媚。金莲小，脚步忙，谁家女子碾皇粮？皇帝冲口一句，然后就将视线落在了张仕真的脸上，然后就又对文臣武士们说，朕今天打完水围后，就不走了！

张仕真望望红衣女子，又望望皇上，就冲船工把手一挥道，后生，泊船靠岸吧！

众人分成两拨。一拨随皇帝打水围，一拨随张仕真安排宿营。大家忙碌着，张仕真叫了光脊梁船工在苇垛旁唠嗑。那船工穿上了张仕真的官服，时而低头摆弄衣角，时而望定了夕阳出神。

晚间，皇帝回到了临时搭起的行宫。烛光下，皇帝的眼前就浮动着一团红色，好大好浓的一团红色。皇帝揉揉眼睛，心头就生产出一个惊喜，日间看到的推碾女子竟被捆在床前。

皇帝连忙解开了女子的束缚。皇帝捧起了女子的脸。那女子一脸的泪水。

你是谁家的女子？皇帝问。

无语。

你难道不愿意侍候朕？皇帝问。

还是无语。

皇帝见惯了后宫粉黛的曲意承欢百般争宠，从未见过使性子的女子，皇帝的性子也就被惹起来。皇帝便推倒了女子。

不……啊不！女子很坚决地躲闪。

不，皇上，这不公平！女子躲闪不过就急促地说，俺是有身孕的人呢！皇上占尽了天下的美人儿，干吗非得占一个渔民之妇呢？

皇帝就僵硬在那女子面前，这样说来，你有丈夫？

有，女子一阵呜咽，有丈夫，也有叔父，可丈夫不是仁义的丈夫，叔父也不是慈祥的叔父，他们硬逼俺……

他们是谁？皇帝龙颜大怒。

丈夫是给皇上驾船的船工，叔父是陪伴皇上左右的张仕真。女子嘤然一声，凄婉哀切，如一株娇弱的白花菜瘫软于地。

第二天，皇帝叫武士将张仕真和船工叫到了跟前。

你为什么逼迫自己有身孕的女人侍候朕呢？皇帝问船工。

我想做官，想做叔父那样的大富。做了官，就有了权，有了权，不愁找不到女人。船工回答。

那你为什么逼迫有身孕的侄女侍候朕呢？皇帝又问张仕真。

我想做皇帝，想拥有皇上你那样至高无上的权力，然后就可以拥有天下，拥有天下所有的女人。张仕真回答。

皇帝就陷入了沉默。皇帝想这人真是可怕真是奇怪。当皇帝的想做平民，做平民的想做官，做了官的不满足，还想做皇帝。张仕真，朕承认你聪明看透了朕留宿的心思，但你不该用一个怀孕女子做牺牲来成就谋逆之想的。君王在位，最恨谋逆之人，朕岂能再留你！想到这里，皇帝放情山水的风流倜傥便换了不容侵犯的霸道，皇帝就命令武士将张仕真和船工绑好，沉入了大淀。待二人的尸首浮出水面的时候，皇帝又有些后悔，毕竟他们说的是实话实情呢！

皇帝再无心游玩。皇帝回了朝廷。皇帝回朝廷做的第一件事就是废除了宫娥嫔妃制度，留下皇后和从白洋淀带回的红衣女子，其余的都让她们出宫嫁人去了。

自此，皇帝再不出游。

焚 船

青年渔民杆子租了秋邦宗一条船。

秋邦宗是白洋淀的大户，有几百条船，还开着一个渔行。每逢收淀的傍晚，秋邦宗就戴着金丝镜、擎着水烟袋，领着一群人来渔行收鱼。渔民们的船靠了岸，满篓满篓活蹦乱跳的鱼过了秤，汇集在一条扯满帆的大船里，然后顺淀而下运到天津卫码头。第二天，京津两城的大街小巷就有人叫卖白洋淀活鱼了。秋邦宗就靠这发了家。

很低廉地交完鱼，扣除船租，捏着几张卷了边的纸币，杆子和伙伴们就都苦了脸，相对叹一口长气。郁郁地回家，杆子将蓑衣一甩，大脚板一跺，恨恨地对女人嚷，娘的，什么时候老子才有一条自己的船呢？

这种欲望就一直燃烧着杆子。杆子天天去深水捕鱼，早出晚归。每天晚上，女人就抱着孩子倚门而望。听到厚重的脚步声回了，女人提到嗓子眼的心才落回肚里。汉子进屋，女人就把粗茶淡饭和温柔体贴一并端给丈夫。饭毕，杆子先是把血汗钱塞给女人，之后就拉过女人。女人就很心疼地搂紧汉子，吮吸着他身上的血腥味和汗味，俏丽的脸就洋溢了幸福和愉悦。

那天，杆子又去捕鱼。淀上骤起大风，小船经不起狂风巨浪的冲击，散架沉了。杆子抓着一块船板在风浪里漂泊了两天，被人救起。

杆子又来向秋邦宗租船。秋邦宗仰在太师椅上咝咝地吸了半天水烟袋，才说，杆子，那条沉船值十几块大洋呢！十几块大洋说没就没了，你怎么赔？

俺再去捕鱼，媳妇织席打箔，卖了还你！杆子说。

哈哈哈，杆子，听说你媳妇很娇嫩呢！秋邦宗从太师椅上站起来，很娇嫩的女人怎么可以干那粗活笨活呢？

杆子，我倒有个主意，不知你愿不愿意。我家眼下正缺个奶妈，你女人如肯来一年，沉船就不用赔了。秋邦宗说。

另外呢，我再租给你一条新船。秋邦宗又说。

女人就进了秋家当奶妈。杆子就背着儿子去捕鱼。十天半月，夫妻俩才见上一面，不满周岁的儿子就靠吃百家奶活着。

渔家的日子就在贫穷与渴盼中捱过。一个晚上，当奶妈的女人突然就回来了。她颤抖着抱起消瘦的儿子，解开怀，给孩子喂奶。孩子就贪婪地吸着。

回来啦！杆子说着，就去扳女人的肩。女人挣脱汉子，放下孩子。转过身来，女人的脸上就挂了两道泪痕。

杆子，俺……俺被那老东西脏了身子。女人说。

什么？杆子一激灵，双手钳住了女人，怒声问，你怎么就肯了呢？你怎么就肯了呢？

起初俺是不肯的。后来……后来他拿出十块大洋放在俺手里。俺就想起你，想起你没日没夜地受累，想起你要置买一条自己的船，就接了……

十块大洋，你就肯了？杆子眼里冒了火。

嗯哪！女人偎过来，将十块大洋掏出递给汉子，杆子，这回咱可以有自己的船了。

杆子的手就劈在了女人脸上，十块大洋就飞散在低矮的渔家小屋里，船船船，老子就单是为了船？娘的！

女人捂着肿起的脸，跪着爬着去拾大洋。杆子将一葫芦烧酒倒进肚里，捶打着头颅，顾自睡去。

早晨醒来，杆子不见了女人，只见儿子甜甜地睡着，身边整齐地摞着那十块光亮亮的大洋。

淀里却漂起了女人的尸体。

杆子捞起女人，葬了。跪在女人的灵前，杆子的拳头捶进地里，有半尺深。

一个姣好的月夜，秋邦宗的渔行突然起了火。几百条渔船在熊熊大火中就化为了灰烬。

后来，白洋淀少了一个捕鱼的汉子，多了一个背着孩子的水匪。再后来，日本鬼子侵占白洋淀的时候，听说那水匪拉着一竿子人马，投奔了抗日武装雁翎队。

熏　鱼

白洋淀鱼多，品种多，产量也多，淀边的人便生出许多巧吃来。熏鱼是其中一种。

老舱是做熏鱼的高手。熏鱼最好是平鱼、鲹鱼、鲢鱼。先是剖腹洗净，取来荷花淀水加上作料腌上，汁水被鱼吃净后煮熟，再把鱼放在特制的竹笼里熏。笼下的火要极柔软的，需柳木锯末而生。别人也都这么做，但远不及老舱做得好。

老舱做的熏鱼，看上去微黄透明，吃一口倍儿香。最妙的是吃一块熏鱼，喝一口老酒，一月之内管保你回味无穷。淀边的人都说，不睡女人行，不吃老舱的熏鱼不行！听到这话，老舱的大嘴就咧到了后脑勺。淀边水乡，红白喜事，做生日过寿诞，谁需要熏鱼，老舱保管准时送到。因此，老舱的日月倒也过得滋润。

人们知道老舱熏鱼是有绝招的，文章就在腌、熏的作料上。于是，有的人就提着几葫芦酒来讨教老舱了。

老舱，咱爷儿们不错是吧？怎么你的熏鱼就比别人的熏鱼好吃呢？来人说。

是呀。老舱说。

老舱，到底你用的作料有什么特别的？能不能把秘方告诉咱爷们儿？

是呀。老舱说。

老舱，你看你又没个小子，这秘方不告诉咱爷们儿还不失了传？

是呀。老舱又说。

来人就不再言语，他知道再问下去也是白问，老舱不会说的。

来人赤红着脸走后，老舱的女人就说，他爹你看你也真是的，人家好心好意来问你，你该给人个痛快话。你看你光说是呀，不冷了人家？

你懂个屁！老舱说，都说秘方传儿不传女，俺就传给俺闺女。老舱说着，就从炕上抱起女儿，抚着她的头说，闺女，爹把你当成小子呢！小子，叫爹！

爹！八岁的女儿就叫了。

卢沟桥一声炮响，日本兵说来就来到了白洋淀。千里堤畔安上了炮楼子。清澈的白洋淀水连同水乡人的日子就逐渐暗淡下去。老舱的熏鱼也就好久不做了。

清明前的一天，老舱女人带着女儿回旱地上的娘家，归途中被两个日本兵糟蹋后，挑了。母女俩的尸体横陈在白洋淀边，鲜血染红了白洋淀水。老舱得到了消息后驾船赶来，扑在女人和女儿的身上，晕死过去。那天，淀边积聚了好多人。女人们伤心地抹泪，汉子们将拳头握得嘎巴嘎巴响。

大汉奸秋邦宗领着两个矮胖的日本兵来到了老舱家。指着大淀指着老舱的熏笼，日本兵呜哩哇啦了一通。秋邦宗对老舱说，老舱兄弟，坂丘小队长的太太从大日本帝国来慰问皇军，她想尝尝白洋淀的熏鱼。我们特地请你来了！

老舱当时正给一堆鱼们开膛，听了日本兵的哇啦和秋邦宗的翻译，老舱把盛鱼的大盆踢翻了。不去！老舱斜了秋邦宗一眼，鼻子里哼了一声。

日本兵的战刀就架在了老舱冒着青筋的脖颈上。

去不？秋邦宗问。

不去！老舱眼前浮现出女人和女儿的尸体，闭了眼。

八嘎！日本兵一用力，老舱的脖颈就在颤抖中渗出血来。

去不？秋邦宗又问。

去。老舱咧了咧嘴，睁开眼，点头应了。

老舱进了炮楼。老舱做了熏鱼。两盘上好的熏鱼摆在坂丘小队长和他太太的面前。身穿和服粉脸黛眉的坂丘太太哟西哟西着，夹过一块熏鱼就要往嘴里送，坂丘一把将她挡住了。你的请，坂丘将那块熏鱼夹给老舱。老舱知道坂丘的鬼心眼想的什么，他张嘴接了鱼，蛮有滋味地咀嚼着。老舱熏的鱼不少，可吃自己熏的鱼却是第一次。咽下鱼去，老舱就明白为什么水乡人爱吃他的熏鱼了，是好吃。好吃，老舱冲坂丘一躬身，很谦恭地说，太君你请！

坂丘就和女人放心大胆地吃起来，吧唧吧唧吃得山响。那日本女人吃到兴处，就张着油嘴来啄坂丘的脸，坂丘搂过女人，将一口酒就吐到了她迷人的小嘴里。

老舱经常出入炮楼了。他极卖力地熏着鱼，为坂丘和他的一小队日本兵。撑船打鱼的水乡人就拦住老舱骂道，操你妈老舱，小鬼子是你爹呢！你怎么就忘了你的女人，你下贱，你比秋邦宗还下贱呢！老舱听到骂声，低垂了头，绕开众人，木木地去了。

老舱依旧给日本兵熏鱼。

春上，千里堤柳绽鹅黄的时候，日本兵和抗日雁翎队在荷花淀交了火。坂丘打了胜仗。打了胜仗的坂丘就又想吃熏鱼了。大汉奸秋邦宗又来到老舱的家。

老舱兄弟，坂丘队长又请你去做熏鱼呢！秋邦宗说，我在淀里搞了一船鱼，都是活蹦乱跳的大鱼呢！

这回你要使尽绝招好好地熏。卖了力气，皇军会重重地赏你呢！秋邦宗说。

鱼多，吃的人也多，你可要带足作料哇！秋邦宗又说。

知道！老舱应着，就去准备作料，从柜里取出三大包，又从炕下摸出一小包。揣在怀里，老舱就随秋邦宗出了家门。

洗、淹、煮、熏，弄了两大锅，老舱就在坂丘夫妇赞赏的目光里极虔诚地忙活着，汗水和热气就模糊了他日渐消瘦的脸。三大包作料用完了，老舱又飞快把那一小包散落在熏笼里。顿时，香味就蓦地弥散开来，钻出熏笼，钻出岗楼，飘到淀边的船上。船民们闻到这前所未有的奇香后，就知道老舱又在给日本人熏鱼了。娘的，老舱这鱼是越熏越香了。这么香的鱼咱们吃不上，倒都让他日本爹们享用了！人们骂着，同时就都吸溜了一下鼻子。

最早觉出苗头不对的是个孩子。那孩子说，炮楼里的鬼子十来天没见动静了。是呢，怎么就没动静了呢？渔民们也说，怪了，老舱怎么也不见回呢？

渔民就把这情况报告了雁翎队。雁翎队就开始攻打炮楼。没遇抵抗，他们就呐喊着，冲进了炮楼。冲进去的人们就吃惊地看到了这样的情景：坂丘两口子和那些日本兵都七窍流血，横躺竖卧在熏笼前，尸体早僵硬了。那两大锅熏鱼吃得只剩了鱼刺儿。

老舱呢？老舱呢？人们就明白了这一切。明白了这一切之后就又想起他们骂过的老舱。

在坂丘的卧室里，人们找到了死去的老舱。

白洋淀

荷花说，水你这个狠心贼，你一句招呼也不打，就抛下俺们自己跑了。你真是个狠心贼。你忘了当初，是你死乞白赖地追求俺。俺爹妈都不愿意，说你这人水性杨花靠不住，炮火连天没实话。俺就是不听，俺说就是喜欢你宽阔的胸怀和如水的温柔，俺还喜欢你的甜言蜜语和惊涛骇浪般的激情，尽管那激情总是发生在夏季。所以俺就不顾一切了，俺连你的彩礼都没要，就自己把自己嫁过来了。为这个，俺和娘家还断了来往。俺就几十年没回娘家，俺就死心塌地地跟你过日子，俺就在你那张特大的水床上和你结了婚，和你生了一大串孩子。俺和你生的孩子，那真是俺一生的骄傲，全白洋淀的，全世界的人没有不夸奖的。女儿们一个比一个俊俏，儿子们一个比一个挺拔。后来，俊俏的都让外人领走了，挺拔的也自己婆了媳妇另立门户了。如今，又剩下了俺，剩下了俺这枝秋后的残荷。而在这一段漫长的时间里，你除了回家睡觉，就是在外面东里西里地忙活，很少关心家里的事。俺知道你在外面有事业，可人家有事业的男人多了，谁跟你似的这样不心疼老婆子？噢，你以为供俺钱花就是疼俺了，俺才不稀罕你那俩臭钱呢！俺稀罕的是咱年轻时候的那份感情。可现如今俺还往哪里去找那份感情？莫非你在外面有了人？

芦苇说，水在外面是有了人，我就是其中之一。我是在那个迷人的雨季认识水的。在此之前，我们那里连年干旱，庄稼颗粒无收。我们全家开始了逃荒。我的父母和姐弟都死在了逃荒路上。只有我自己，这个苦命的孩子，这个命大的孩子，这个受罪的孩子，挺着因吃树皮革根消化不良而肿胀的肚子，来到了白洋淀。我就昏倒在白洋淀的千里堤上。接着，那个迷人的雨季就降临了。那真是一个迷人的雨季，那个雨季就是水带来的。水，那个能干的男人，他在千里堤上发现了奄奄一息的我。他把我抱到了他的船上，把我带到了他的那片茫茫的水域，把我带到了他那个临时搭起的水上茅屋里。他用白洋淀的鱼虾替换了我肚里的树皮草根，他用白洋淀的清水洗去了我身上的污垢。我发现了自己的苗条和美丽。我发现了自己的青春和欲望。而这一切都是水给予我的，我应该报答他。我决定留在白洋淀，留在水的身旁。我这样想了，我也这样做了。那个迷人的雨季过去之后，我就这样把自己像株芦苇一样种植在了白洋淀，种植在了水的身边。我帮水开始了他预想中的事业。他承包了千亩水塘，他养鱼、养蟹，他养荷花，他建起了水上旅游岛，建起了荷花大观园。一度衰退的白洋淀的旅游业因水而红火起来，水一下子就成了知名人士。水发达了，水有了汽艇，有了别墅，有了汽车，也有了随身女秘书。而我，却随着水的发达一步一步退出水的生活。当白洋淀成片成片的芦苇被水、水的弟兄和水的子侄们削倒之后，当白洋淀一个又一个的旅游景点被建起时，我黯然神伤。我在一个雨天离开了水。我宁愿像根芦草一样长在干旱的岸上，也不想这样委屈地生在水里。这就是我，一个叫芦苇的女人的性格。

　　小鱼说，那个叫芦苇的女人走了。她走了其实怪可惜的。可情场无情呀！像水这样的男人谁愿意放弃？他成熟，内敛，有魅力，当然，也有钱。可天地良心，我绝不是冲他的钱来的，也绝不是凭着自己的年轻和姿色迷惑水。我可是凭着自己一口流利的英语被水从人才市场招聘来的。其实当初也没想和水发生点什么，只是想在当导游的职业中寻求自己的价值。水的旅游岛需要我，水需要我。他需要我的英语，也需要我的身体。水是在那次和外商谈判时让我喝醉的。外商想在白洋淀建一个新的旅游项目，但因为白洋淀水少而犹豫不定。我们就把外商请到了城里那家最好的大酒店，和外商喝呀，玩呀，闹到了很晚。我们就住在了酒店。趁着醉酒，水就水一样浸泡了我的身体。在水的浸泡里，我真成了一条茫然失措的小鱼。我是一条醉酒的小鱼，而水是酒。但我记住了那个夜晚那个男人说的一句话：鱼儿，好好跟我，项目谈成之后，我送你出国！后来，那个项目谈成了，可水却没送我出国。他说他舍不了我，他说他的事业离不开我。我知道他说的是真的，但我还知道他其实心疼钱。水，你这个吝啬的男人！你不是心疼钱吗，我非让你疼死不可！我开始实施自己的计划。我主动找到了那个外商，在他毛茸茸的怀里，我强忍住恶心请求他的帮助。他答应了。我把水的五百万贷款转移到了国外，之后顺利地拿到了出国签证。在离开水的那一刻，我深深地吻了水，同时，我听到了荷花和芦苇的歌唱。

　　水说，我什么也不用说了，你们都知道了我的故事。正因为你们都知道了我的故事，我才下决心离开我生活了这么多年的白洋淀。我走了，但请你们记住，我是白洋淀的水，我曾经在白洋淀生活过！

水 灵

　　水灵是白洋淀长大的。水灵出落得就像白洋淀水一样水灵。后生们都说："水灵是荷花淀中那株倍儿俏的荷花，远观近瞧都饱眼福哩！"说完，还直咂嘴。

　　水灵初中没毕业就辍学了。水灵的父母看着淀边人都大把大把抓钱，就觉得水灵这学再上下去也没啥劲。于是就让水灵进了五魁的水上餐厅当服务员。

　　五魁的水上餐厅就坐落在明珠岛上。四边环岛皆水，小岛傍水而起，倒也别见风致。独出心裁的五魁又在小岛四周插上了五颜六色的小旗。来自四方八面的游客划船尽兴了，游玩乏累了，正巧就到了明珠岛。没说的，水上餐厅正有鲜美的水味等着呢。炒田螺、煮河蟹、熏鲮鱼、烹青虾……应有尽有。

　　水灵的到来，使五魁的生意锦上添花。淀上风光旖旎，水产风味独具，再加上绰约多姿的女服务员，一时游客云集，五魁的水上餐厅空前红火。

　　五魁的腰包吹气般鼓起来，五魁的胆子也就壮起来。一日饭毕，五魁打着饱嗝，踅到拾掇餐具的水灵面前，将一沓钞票甩到桌上："水灵妹子，你的工资，收好！"

　　水灵停了工作，湿着手点钱："啊！一千？咋这么多？"

　　"这月活忙，你累。我赚多了，自然就亏不了你！"五魁坐在一只凳子上，翘了二郎腿，晃晃悠悠，悠悠晃晃："水灵，想不想跟你五魁哥长期合作？"

　　"当然想！只要你觉得我行！"水灵的水灵灵的眼睛就罩着五魁，满含了欣喜。

　　"那你想不想当老板娘？"

"你坏——"水灵脸一红,就过来撕五魁的嘴。五魁咧嘴笑了,嘎嘎地。

五魁开始跑水灵的家。先是大包小兜地送东西,再是三千五千地给钱,最后帮助水灵的父母在岸上戳起了四间大瓦房,置办了一条崭新的渔船。水灵就想:跟了五魁也不错。五魁甭看年纪大点,相貌差点,可这小子能干哩!能干就能赚。这人世间赚了钱就啥也不怕了。人活着还不就图个快活?

秋天的白洋淀是最丰硕的季节。这个季节的水上餐厅引来了一位背画夹的中年男子。男子上了岛,要了酒菜,很潇洒很持重地独酌。

水灵移过去,偷偷地翻开男子的画夹。嗬!里面全是白洋淀的风景画。远处的苇,近处的荷,水面的鸭群,飘动的帆影……都入了他的画。画面色彩绚烂,栩栩如生。

"你是画家?"水灵柔柔地问,言语里有一种敬佩和羡慕。

男子转过身来,点点头,递过来一张散发着香味儿的精制名片。

"我们白洋淀很美,是吗?"

"是的,"画家停了箸,推一下鼻梁上阔大的黑边眼镜,声音浑厚地说,"她宁静,淡泊,纤丽,灵秀,也不乏野趣,很令人神往。然而,游游可以,久居于此就未免太单调太悲哀了。尤其像你这样俏丽的女孩!"

"为什么?"水灵见画家侃得起劲儿,也来了兴趣。

"噢,这个……你去过白洋淀以外的地方吗?"画家抿一口酒反问,"外面的世界还大得很呢!"

水灵就低了头,抚弄着名片,品着画家的话,许久没吱声。

画家临走为她画了一张像,像上题着四个字:水灵秀色。

水灵就把画像挂在了床头,那张名片就钉在像下。晚间,水灵就端详着自己的画像,顾影自叹。她在学校时就喜欢作画,也曾一直幻想当画家,描绘出自己的水乡风貌。可现在……她突然觉得自己并不快活。好像精神上缺了点什么。什么呢?

五魁却整日醉酒。五魁醉酒后就闯进了水灵的房间。

"水灵!又……想什么呢?咱们今夜就在一起……睡吧!"

"不!"水灵躲着五魁,望着自己的画像。

"怕什么?反正你是我……我的人。你父母答应了,谁也抢不走。咱们早晚还不一样。嘻嘻……"说着五魁就往前扑，抓住了水灵的肩。

水灵挣扎着，很无助的样子："可我没答应。我还小，才十八……"

"十八岁的姑娘一朵花。老子花钱买的就是一……一朵花。"

五魁喷着酒气，舌头僵硬地打着卷，粗壮的胳膊将水灵结结实实地圈住。水灵无力反抗，她想起父母，眼里贮满泪水。

淀里有鱼跃出水面，远处渔火点点，荷香阵阵飘来。

早上，五魁醒来，不见了水灵，也不见了那幅画像和那张名片。五魁用力捶头，撕扯着自己的头发。他冲出屋子，环顾四周，扑进视野的是浩浩淼淼的一淀碧水。水的尽头是岸，岸上有路。那路通向远方。

"水灵——"五魁歇斯底里地发一声喊。

望 水

    舅妈风风火火地跑进了水文站，气喘吁吁地对我说，你大舅的老毛病又犯了，你快去看看吧！我那时正写水情汇报，就不在意地说，不就是在大桥上望水吗？你让他望去，反正他也快望到头了！舅妈从椅子上一下子把我拉起来，这次不一样，他都爬到桥栏杆上了，你再不去劝他，他就跳下去了。

    我赶紧随舅妈出了水文站。在枣林庄大桥上，我看到了大舅笔直地立在桥中间的栏杆上，消瘦的身体立成了一株风中芦苇。春天的阳光已经膨胀出干旱的气息，像夏天一样炎热。大舅那一头从年轻就花白的短发，在阳光下放射着炫目的光芒。他一动不动地望着远方，把自己望成了一尊神。桥上桥下站满了看热闹的人。

    我知道大舅的犟脾气。白洋淀水势浩大的年代，他辞了公职，从城里回到了老家。大舅说，他喜欢水乡的长堤烟柳，水月桃花；他喜欢淀里的苇绿荷红，鸟飞鱼跃；他还喜欢船上的渔歌互答，炊烟袅袅……大舅就傍水而居，一屋一船一妻，后又有一儿一女一孙。水乡成了大舅的栖息地。水成了大舅的魂儿。

    可是后来白洋淀说干就干了。水干了，鱼净了，鸟飞走了，荷花开败了，芦苇干枯成了麦苗。大舅的船就翻扣在了干裂的淀底。许多人都刨了芦苇，种上了玉米大豆和高粱。大舅却立在千里堤上，立在枣林庄大桥上，透过绿油油的庄稼地眺望远方。舅妈看着别人的收成眼馋得不行，整天不停地嘟囔，我看你别叫旺水，干脆叫望水得了！大舅摸摸一头花白的短发，瞪瞪眼说，望水就望水。望水有什么不好？

好是好，可水终究没有望来。大舅不是老天爷，也不是龙王爷。更不能让黄河之水流到白洋淀来。可大舅能在白洋淀挖出水来。他请来了城里的打井队，在自家承包的苇田里挖了一口池塘，用井水养起了鱼。大舅对舅妈说，有水的时候粮食比鱼贵，没水的时候鱼比粮食贵，八月里卖了这一池塘鱼，就够咱儿子上大学的学费了！大舅和舅妈就整天守在鱼塘边，像守护着儿子一样。

一天早上醒来，大舅却看见鱼塘里的鱼都浮上来了，而且还把白花花的肚皮翻给他和舅妈看。大舅很纳闷，心说这鱼也通人性，是不是想上岸和我说说话啊？等他用抄网捞上两条鱼一看，他惊叫一声，一下子就昏了过去。

那是一池白花花的死鱼。

还是舅妈心细，她沿着鱼塘转了一圈儿，发现在靠近一片玉米地的边缘，有一股污黄的水流进了鱼塘。顺流而上，舅妈穿过枯萎的玉米地，走了不远的一段路，就看见了堤坡上冒着黑烟的造纸厂。

大舅一纸诉状把造纸厂告上了法庭。就是在等待判决的日子里，大舅望水的瘾头越来越大了。后来严重到几天不吃不喝，也不说话，不上家，一年四季没日没夜地围着白洋淀转悠。转悠累了，就定定地望着远方。望了西边望东边，望了天上望地下。望得日沉红影无，望得风定绿无波。舅妈就长叹一声，这老头子已经不是人了，他早就丢了魂儿了！

只有我知道大舅的魂儿丢在了哪里。

水利大学毕业以后，我分到了白洋淀枣林庄水文站。我开始一步一步走进我大舅的世界。我发现大舅也不是天天那么面无表情地瞎转悠。只要一提到水，甚至只要阴天下雨，大舅的魂儿就暂时回来。在大舅丢魂儿的那些年里，白洋淀也时不时有过水，有的是上游水库放的，有的是从外地买来的。但终究没能找回往昔水天一色的浩渺。我把这水信息在报给上级的同时，也报给大舅一份。大舅听完我的汇报，总是领导一样点点头，眼睛放射出仍然有魂儿的光芒。然后就来到他的船前，刷油漆。大舅刷完船，又刷自己。大舅就成了一个漆人。

直到如今，水没有托起大舅翻扣在淀底的船，白洋淀边的这个漆人，也没能再度扯起白帆。他仍然痴迷在望水的境界里。

不过今天，我想我能唤回大舅的魂儿。我挤过看热闹的人群，来到大舅的近前。我把手里的一份红头文件举过头顶，大声喊道，大舅，来水了，来水了，黄河水马上就要引来了！水量入淀高度今年会达到七米呢！大舅没有回头，却说了话，我知道，那是我望来的天上之水。看，她已经来到我的船前了，我要去开船了！

咚的一声，大舅从桥栏杆上跳了下来。桥上那株风中芦苇，又变成了活生生的男人。

我知道，大舅的魂儿又回来了。

马涛鱼馆

渔船像口锅，翻扣在千里堤上。马涛也顾不得锅底的黑，就一屁股坐在了锅上，一边抹着汗一边对旁边气喘吁吁的马柱说，淀干了，爸！

是干了。马柱还在猫腰撅腚地擦拭船上的泥土，头也没抬。他想在船上涂一层油漆。爷儿俩刚刚把船从白洋淀里拖到了岸上晾晒。

你涂漆也没用，淀干水净，没鱼了，船也没用了。马涛眯缝起眼睛瞅着越来越强烈的阳光，这死老天爷，也不下场大雨，莫非让人心也要干透了？

马柱没听儿子抒情，拿着油漆瓶子和毛刷过来说，马涛你起来。

我起来干吗？马涛依然瞅着阳光，他已经瞅出了一个花花绿绿的世界。

你起来我刷漆！

你刷吧，我起来你刷吧！你好好刷！马涛说。

可我起来，我就走了。马涛又说。

你走我也得刷。我就不信这白洋淀不来水！马柱拽了儿子一把。

马涛就起来，从堤坡的小柳树上摘下他那件红色的衬衣，头也不回地走了。

马涛去了县城。离开了水的马涛徘徊在阳光下的城市里，感觉自己像一条行走在岸上的鱼。城市也是干的，城市里没有港汊，没有芦苇，更长不出荷花来。马涛把那件红色的衬衣脱下来，用手举过头顶，开始在大街上奔跑。衬衣就在风中铺展成一朵硕大的荷花。

能制作荷花的马涛在一个烹饪培训班里学习。不久，他应聘到一个单位做厨师。一天一顿午饭，马涛的活计就很清闲。干完活儿，还可以到传达室和警卫、保洁工聊天儿看报，侃侃世界杯什么的。马涛就觉得自己也成了单位的人，甚至产生了转正、找个城里对象的想法。他把这想法和食堂服务员温小暖说了。温小暖就笑着说，马涛你可真逗，你要是能转正，我他妈都当局长了。马涛听了这话，像泄了气的皮艇，一下子蔫在了水面上。

温小暖的打击刚刚过去，单位就换了个领导。新领导一上任就约法三章：全体职工中午一律回机关吃饭；有宴请也要在食堂安排；食堂要一天一个菜谱，保证饭菜的多样化。

吃饭的人多了，马涛就变得忙碌起来，再没有聊天儿看报侃足球的时间了。忙倒没关系，问题是众口难调。这些富老爷在外面吃顺了嘴，回到食堂不习惯，不是熬菜嫌咸了，就是做鱼嫌淡了，絮絮叨叨的指责让忙得一头汗水的马涛心里冷冷的。最不能忍受的是那天新领导的发火。那天本来领导吃得胃口挺好，还和大家有说有笑的。可吃着吃着就皱了眉，他从嘴里拽出了一根金黄色的头发。领导就把筷子啪地一摔，马涛你看这是什么？是不是白洋淀里的草？我要扣你的工资！

被扣工资的马涛就辞职不干了。临走前，他拿过一把大剪刀，找到正在午休的温小暖，咔嚓咔嚓把她染得金黄色的长发剪了个精光。

马涛又行走在城市的阳光里。他又一次把那件红色的衬衣举过头顶，让它招展成一朵盛开的荷花。招展完了，这朵荷花就飘落在黄家鱼馆的屋顶上。

黄家鱼馆的老板收留了马涛，喜欢上了马涛，并把家传的全鱼宴制作秘方传给了马涛。一时间，马涛成为全鱼宴的名厨。在他的主厨下，黄家鱼馆成为县城一个热闹的去处。

在品尝全鱼宴的人流中，温小暖来了。马涛看见她的头发长出来又染成了金黄色，像一条黄花鱼。跟在黄花鱼后面的竟然是单位的新领导。那天，马涛亲自给他俩上的菜。马涛笑吟吟地对领导说，领导，你不是不到外面吃饭吗？怎么还带了个俄罗斯小姐呢？

领导就十指交叉地笑着，马涛是你小子呀！这不是什么俄罗斯小姐，她现在是负责后勤的温主任，我带她是来向你学习的！

马涛就把一条红烧鲇鱼端到了他们面前。他在鲇鱼肚子里填上了一团头发。

马柱终于在黄家鱼馆里找到了马涛。那时马涛正和黄老板的女儿黄春健高兴地数钱。马柱啪一下就给马涛一个脖拐儿，你小子在这里玩开心了，我和你娘想你都想疯了！

马涛就被扇蒙了，被扇乐了。马涛对春健说，这是咱爸，你快去倒水！

爸，你早不来晚不来，偏偏在这鱼馆红火的时候来。你来了，我就该回了！马涛把钱放好，捂着半边脸说。

小子，白洋淀来水了，我那渔船又可以下淀捕鱼了——

马涛站起来，撇撇嘴，就你那破船？早过时了。我要买一艘快艇，还要把咱家临堤的房子拆了，盖个饭店。告诉你，不叫黄家鱼馆，也不叫马柱鱼馆，就叫马涛鱼馆！你说行不行？

你是说你答应回家了。马柱举起手来，又给了马涛一脖拐儿，不过这次没扇响。

马涛点点头，把马柱摁在了椅子上，望着鱼馆外面的车流人流和高楼大厦，慢慢地说，爸，城市好，可城市是别人的城市，不是我的。我的家在白洋淀，在千里堤上。

一个月后，风生水起的白洋淀边，荷香飘逸的千里堤上，马涛鱼馆正式开张迎客了。

芦苇花开

芦苇花开时节，鱼雁回到了采蒲台。

那天，鱼雁一下公共汽车，就碰上了千里堤上马涛鱼馆的老板马柱哥。虽然多年不见，但马柱还是一眼认出了当年水乡出了名的渔家靓妹。鱼雁从车上下来走到码头的时候，马柱正在给他的快艇加油，见了她，一下子就把油桶扔在了堤坡上，哎呀呀，这不是鱼雁妹子吗？你也知道咱白洋淀引来黄河水了，这是回家旅游来了？你走这么多年，可忒该回来看看了。怎么你自己？孩子呢？妹夫呢？

鱼雁就红一下脸，反问，怎么柱哥，我自己回来咱白洋淀就不欢迎了吗？

瞧你说的，欢迎欢迎！俺们巴不得你和妹夫全家从城里搬回来呢！马柱哥搓着油手笑着，那天我和老等兄弟还念叨了你半天呢！

听了这话，鱼雁像一朵盛开的荷花突然经了霜，霎时凋零了不再年轻的脸。过了好久，她才慢慢地缓过来，柱哥，别提我的家好吗？我没家了，以后白洋淀就是我的家。真的，我这次回来就不走了！

鱼雁说得不错，就在昨天，她和丈夫蒙古办理了"离家手续"。说是离家不是离婚，是因为婚早就离了。房子钱财全部归她，上大学的女儿他来供给。他要的是自由。协议写好以后，俩人签了字，蒙古就急忙下楼钻进了那个女人的本田车，然后一溜烟地飞走了。

爱情远遁，婚姻如砸碎了的玻璃，扎破了二十多年的时光。所有的一切都在时光里无情地渗漏。蒙古啊蒙古，你人都走了，我还要这房子和财产有什么用？我鱼雁当初可不是冲着你的房产才嫁给你的，我看重的是你能给我一种新的生活。那时候，白洋淀发现了油田，你们钻井队来这里采油，你就住在我们家。我给你做小鱼贴饼子，炖鲇鱼豆腐，熬黑鱼汤……你知道那鱼是哪里来的吗？那是老等哥光腚下淀捉来孝敬我爹娘的。可我都偷着给你吃了。你吃了鱼不算，还把我也当鱼吃了。你说我这条鱼才是真正的鱼，白洋淀千百年来才出这么一条美人鱼。你还说，我这样一条美人鱼如果永远游在白洋淀里，那是白洋淀的残忍。于是你就把我带走了，带到了刚刚兴起的那个华北石油城。我走了，我的爹娘高兴，我终于可以成为城里人吃商品粮了。可我的老等哥傻了。载着我们的机帆船路过荷花淀的时候，我还看见他立在一只木船上，高举鱼叉用力向远处掷去。阳光里，他像一尊黝黑的雕像。鱼叉落处，必定有一条大鱼。可我不会再吃到老等哥的大鱼了。

生活中有比吃鱼更重要的东西。蒙古，我被你安排进了采油厂当工人。我和你就开始了二十多年的城市生活。直到企业改制，我们都买断了工龄，离开了工厂，生活才出现了暂时的停歇。可后来又有了个政策，说是离婚的夫妻能安排一方上班。我就和你办了个假离婚。我让你上班。谁知，你一上班就像射出去的子弹再也不回枪膛了。再后来，你就名正言顺地有了新的女人。我再也不是你那条爱吃的美人鱼了！

我成了城里一条干涸的老鱼。老鱼开始恋水，便想念自己的水乡了。于是，我回来了。哦，梦里水乡，你可淳朴如初？你可美丽依旧？

就在鱼雁愣神的工夫，马柱已经把汽艇收拾停当。他虽然读不懂鱼雁的心事，但他知道鱼雁再不是当年那条单纯的美人鱼了。她的心里窝着一汪水啊！他提高嗓门爽朗地对鱼雁说，妹子别想那么多了，回来好，回来就好啊！你看俺，这些年，开了饭店，盖了楼房，买了汽艇。咱水乡的好日子比大楼高，比歌厅宽，比超市亮。你看见这千里堤没？比堤还长。你看这满淀开花的芦苇没？比它还厚实！

对了，你知道不？人家老等可是发财了，马柱又说，你说那么粗壮的一个人，过去迷逮鱼，打你走后就像变了个人似的，发了几年蔫儿，话少了，可长心了。他又迷上了苇子。我多少次开船看他，他不是在苇地里转悠，就是在屋子里鼓捣。有时候就在一捆苇子上睡了，满脸的苇缨子苇叶子。你猜怎么着？人家成了水乡远近闻名的芦苇工艺师。他用芦苇、水草当材料，剪剪、贴贴、烫烫、刻刻的，就弄成了芦苇画。然后用镜子装裱上，能卖大钱呢！听说最近还和外国人做上了生意呢！只是，只是……这小子到如今还没个老婆，唉，鱼雁，他的心里满了，放不下别人了，这个老等没死心，一直在等你啊！

鱼雁心里窝着的那汪水就化作泪汹涌而出，哗哗地淌落在新水初涨的白洋淀里。盛开的芦花漫过来，包围了鱼雁。她赶紧别过身去，装着擦眼，抓过一把芦花把眼泪抹了。然后她笑着对马柱说，柱哥，我不想坐快艇，你找个木船来，我要自己划回家。我想好好看看咱们的白洋淀！

就这样，天还没完全黑下来的时候，鱼雁和船就回到了采蒲台。村口，祖先曾采蒲用的高台上，一个汉子站成了一棵树，正坚硬地等在那里。汉子的周围，飞舞着团团精灵般的芦花。

金月亮

安静六岁或者五岁那年，她和小朋友们一起到白洋淀游泳，突然在淀边摔倒了。爬起来以后，她就觉得自己的身体有些异样。手伸不开，腿伸不直，也没有疼痛，就是浑身软绵绵的，没什么力气，走路直摇晃。怪了——安静的父亲逢人便嘟囔，我家祖宗八代都没有什么遗传病，更没有干过什么缺德事，怎么到我闺女这儿就得这种怪病呢？

父亲就领着安静到城里看医生。医生也说不出来是什么病，就给做了手术，安静也没有恢复。直到有一天，终于站不起来。父亲不再嘟囔，而是给她买了个轮椅。从此，安静的轮椅人生就开始了。

其实轮椅就轮椅吧，不影响吃喝，不影响上学。安静功课很好，也知道国家允许她这样身体的人上大学。可是后来一系列的变故，使安静有些措手不及了。

先是父亲出了事。白洋淀水位下降以后，淀里无鱼可打。没有了鱼和水，便没有了渔民的灵魂。父亲和几个邻居投资买了一条大船，他们到渤海湾出海打鱼去了，经常一去就是一年。谁知在一次深海捕鱼时，突起飓风巨浪，船和人再没有回来。

接着就是母亲改嫁东北。母亲走的时候搂着三个孩子说，静儿，你有怪病，娘就又生了安康和安宁，可还是不行。你弟傻，有智障，整天流着大鼻涕，话也说不顺溜。你妹拐，天生软骨病，离了拐走不了路。不是当娘的狠心，娘命不济，克夫克子，娘留在这里，说不定连一村人都跟着遭殃呢！

娘走了，娘用荷叶包着一把白洋淀的泥土走了。把留着大鼻涕的傻弟弟和挂着拐杖的瘸妹妹留给了安静。安静望着母亲风雨中的背影，对哭天抹泪儿的弟妹说，别哭了，娘走了，往后，姐就是你俩的娘！

当娘就得有当娘的样子。安静离开学校，进了一家服装厂上班。她坐着轮椅来到了缝纫机前。她把线轴绕在梭子上，把线头穿在缝纫机针上，把布料铺在了针下，然后试着去蹬踏板。绵软的腿劲儿使不匀，针下来了，伸不舒展的手指却躲不开，一下子穿透了她的拇指。血流出来，她的泪也流出来了。她把血在裤子上蹭干，又蹬。食指又被穿透了。这次她没有流泪，她只是把食指放在嘴里吸吮。边吸吮边蹬踏板，边观察针头上上下下的频率。观察了半天，心里有数了，又接着干。踏板、续布、躲针。啊！成了！她把自己的手指拧在了自己的大腿上。

一月以后，安静的手脚适应了缝纫机，她做出的活计比健康的工人还多还好。厂长田螺给她发了工资，又给了她一百元奖金。

安静用工资奖金交了学费。她把安康安宁送到了学校。那天中午，她从服装厂摇着轮椅回到家的时候，看到安宁一人挂着拐杖脆生生地读课文。雨后的阳光照到院子里，灼热而湿润。安静赶紧点火做饭。柴火是淀边的蒲草，不好着。只冒烟没火苗。安静从轮椅上扑下身子用嘴去吹，噗——噗——由于用力过猛，一下子栽倒在灶火旁。火在这时候腾的一声着了，她的头发瞬间被燎光了。

吃饭的时候，才发现安康不在。安静就问，你哥呢？你哥怎么没和你一起回来？安宁说，在学校排好队分好桌，他在桌子上刻字，老师就让他在院里罚站，放学后我没见到他。

安静骂了一句死妮子，就出溜下炕，上了轮椅。她把轮椅摇成了自行车。轮椅自行车飞一样把她带到了学校。门卫看着她的光头，怪笑着告诉她，一帮罚站的小孩最后走的，起着哄到白洋淀里洗澡去了。

摇椅自行车就又把安静带到了白洋淀大闸前。安静知道，这里水面宽阔，水清波平，是孩子们的乐园。果然，安康在这里。光屁股的安康此刻立在十米高的闸板上，张开双臂像一只水鸥，正要展翅飞翔。一群孩子戴着荷帽吹着苇哨，正击水呐喊。安静急了，她想大声阻止安康，可急火攻心却说不出话来。她只能眼睁睁地看着安康往前一跃。她的眼珠飞了出去，随着安康的身体在空中翻了个个儿，然后坠入水中。安康溅起了几点水花，入水动作漂亮极了。安静的眼珠又回到了眼眶。就是在这时候，安静突然对自己说出了话，我弟弟怎么会有智障呢？

有智障的孩子怎么会跳出这么漂亮的动作呢?

安康水淋淋地来到了安静的轮椅前,等着挨骂。他却看见他的光头姐姐笑了。姐姐摸着他的脸,把他的大鼻涕抹净说,安康,你真棒,你练跳水吧,姐支持你!

不久,安静在田螺的帮助下,购买了几台编织机,开了一家精品毛衣编织店。后来又与田螺合伙开了一个白洋淀芦苇工艺编织厂。2008 年,安宁考入了北京农业大学,安康参加了在北京举办的残奥会,获得了一枚跳水金牌。

颁奖仪式上,安康和安宁把安静推到了领奖台前。他们把那枚金牌,恭恭敬敬地戴在了姐姐的脖子上。

那晚,正是中秋,天空挂着一轮金月亮。

青 花

开始——！在亮亮的灯光下面，电视台那个胖乎乎的女导播挥挥手，摄影师就把黑洞洞的镜头对准了我。导播也把话筒举到了我的面前。我觉得他们是把炮口和枪口对准了我。我头上冒汗，嘴唇哆嗦着说，把炮口和枪口拿开行吗？要不我开始不了！

导播妩媚地笑了。她说，不行！那样我们做不了节目，您老就克服困难配合配合吧！

我没办法，他们大老远地从北京扛着家伙来，还给我带来了一箱礼物，就为找我这老头子录几个镜头，我不配合也说不过去。我就配合着说，从哪里开始啊？

导播说，就从你借那 5 元钱开始吧！

一提起那 5 元钱，我一下子就平静了。我的汗开始消退，嘴唇也不哆嗦了。我仿佛又回到了五十多年前。

1953 年 5 月，我从学校毕业，分配到甘肃天水工作。一天，家里急需用钱，我就向同事万全借了 5 元钱。万全把钱给我的时候说，我手头也比较紧，刘亦秋你可记住，发了工资就还我，我还等着回老家娶媳妇儿呢！我记住了万全的话，我不能耽误了人家娶媳妇儿你说是不是？所以，我半月后领了 6 元钱津贴，赶紧去还钱。可万全下乡蹲点去了。我就只好等他回来。一个月后，万全没回来，我倒走了。我离开了天水，被调到了玉门搞石油勘探。搞勘探的人，是流水的兵。哪里有石油，我们就流到哪里。我流过青海，新疆，流过东北大庆，山东胜利，最后流到了河北任丘油田……这样流来流去的，直到我这股流水快干涸了，也没机会还人家万全那5元钱。

不是我不想还，咱可不是赖账的人。只是咱不知道万全那小子到哪里工作了。我也多次写信到原单位打听，但信件都如石沉大海。直到1976年，我遇到了另一个老同事，我才有了万全的确切消息：当年我离开天水不久，万全下乡回来也调到外地去了。1965年，万全得了场大病，回了老家，后来就……就没了。

我的眼泪当时刷地一下就掉了下来，把地都砸了个坑。万全啊万全，你这个短命鬼，你这不是在害我吗？我还欠你5元钱呢，你怎么就这样走了？你娶上媳妇儿了吗？你娶媳妇儿的钱够吗？你是不是因为5元钱得的病？你是不是就差这5元钱就没看好病？你是不是在离开人世的时候还在记恨着我？你是不是认为我是一个借钱不还的骗子？我哭万全，也哭自己。我欠下了万全一本良心债。

我必须尽快把这债还上。我立即跑到邮局，按照老同事说的万全老家地址，汇去了50元钱。可不久却被退了回来。

万水千山，人海茫茫。我不知道这里面有什么变故。我想有机会亲自去一趟。1992年，我退休了。油田安排我到陕西疗养。我知道机会来了。这里离甘肃已经不远了，也就是说，是我了却这笔债的时候了。

于是，我放弃了疗养。我去车站买票。你说怎么就这么点儿背，在路上，我他妈的被一辆汽车给撞了。命没大碍，可一条腿丢在了医院里。老伴和儿子急匆匆地赶来，把我接回油田养伤。儿子不停地埋怨，单位让你是来疗养的，不是让你来撞车的。要撞咱在家里撞，跑这老远撞，咱犯不上——我听了这话，挥起手来想扇他，被他小子躲了。本想让他去甘肃走一趟，可话到嘴边又咽了回去。

我在病床上躺着，想着万全那5元钱。我自己给自己说，刘亦秋啊刘亦秋，你是一个讲信用的人，可怎么偏偏就背上一个不讲信用的包袱呢！

我把5元钱的故事讲给了老伴，我求老伴帮我卸下这个包袱，老伴同意了。2008年春天，我拄上单拐，在老伴的搀扶下，坐上了西去的列车。两天后，我们来到了天水市。三天后，我们来到了万全的老家。村里的人说，以前是有个叫万全的人，他死了后，老婆带着儿女改嫁到几十里外的一个小山村去了。

那里不通汽车。犯了心脏病的老伴说，咱还去吗？要不把钱留下，让人捎去算了。我说，不行，我必须亲自送去，人是要讲信用的。我已经耽误了这么多年，不能再耽误了！

我就一人拄着单拐，爬上了山路。我知道我这年纪这身体再爬山路很难，但我必须爬。终于，在天黑前，我来到了那个小山村。我找到了万全的儿子万福……

停——！胖乎乎的女导播一挥手，打断了我的叙述。她说，接下来的故事我就知道了。我们已经去了万福的家。您拿出连本带利 500 元钱给万福，您告诉他半个世纪里关于 5 元借款的故事。家庭困难的万福收下了钱，但他没乱花。他到集市上买了一对青花瓷瓶。一个摆在了他家最显眼的地方，他说要把它当作传家宝；一个托我们带给您老人家，那就是我们带给您的礼物！

女导播打开箱子，拿出那个青花瓷瓶，摆在了我的面前。我抚摸着瓷瓶，禁不住老泪纵横。

摄影师连忙把镜头从我的脸上移到了瓷瓶上。那里，青花绽放，晶莹剔透，似有一股暗香脉脉袭来。

狮　舞

一阵激烈的锣鼓响起，那头狮王就一下子登上了灵前的供桌，先是一个蹬桌戏逗，而后一个顶腰旋转，突然就一个高台翻滚，舞在地上，舞出了一朵怒放的莲花……刚柔相济、干净利落的表演落得了一片叫好声，就连趴在寿木两边的孝子们也停止了哭泣，不由自主地看起了表演。

狮王舞出人群，正准备下一组动作时候，狮头却被一个人按住了。那人的手力道挺大，狮头就在他的力道中被掀开了，露出了一张黑黝黝汗涔涔的脸，你小子也不请假，就又来这里干私活，你快给我回团里去！

铁子知道是谁的手来叫他了，铁子以前怕过这只手。就是这只手把他从庄稼地里拉进舞狮团的，也是这只手手把手将他教练成一个很好的狮王的，还是这只手一个脖拐子把他打得眼前直冒金星的。可是铁子现在不怕这只手了，他攥得他龇牙咧嘴他也不怕这只手了。铁子用力甩脱这只手。铁子说，我不叫干私活，我不在团里干了，我自己干还不行吗？你现在不是我的团长了，我和你没有关系了。

那只手却又执拗地攥住了铁子的手，我不是你的团长，可我还是你的老丈人，你给我回去！你这么好的狮子，舞给一个死人看，是在糟践狮子。

铁子整个身子就被拽出了狮子，他屁股打着坠儿，嚷嚷着，你别拽我了，你去和晓儿说，她让我回去我就回去！

那只手就松开了铁子。铁子感觉到松开的手走了，是朝着他家的方向去的。铁子松口气，把散落在地的狮子道具又披在身上，对他的搭档钢子翻了翻白眼，你小子看够了热闹了对不？看够了热闹咱还不给人家再舞一回？人家可是工钱都给了！

那只手掀开了门帘，看见跷儿正在新房里对着镜子描眉画口红。跷儿把眉毛画成了张曼玉，把口红抹成了章子怡，然后又把头发披散成了林心如。弄完了这一切，跷儿才过来拉住那只手，哎呀，爹你来了，爹你来了怎么不说话？

那只手就往外挣，可跷儿的小手却像抹了胶似的，他挣不脱。挣不脱他就问，跷儿，是你让铁子离开舞狮团的？

是啊，爹，跷儿就用她的小手摸着她爹的老手，她的手指头在他爹手上的筋脉上划过，划得老手痒得直往后抽，我们跟你干，整天累死累活，有什么意思？哪如自己干，还能挣钱！

那只老手就狠命地抽了出来，他抖动着说，这不一样，爹干的是大事情，你们那是小家子气，目光短浅！

跷儿说，爹干大事情，也不能打姑爷啊！你把我家铁子脸都打肿了！回家来，我给他敷了好几天的凉毛巾！

可我为什么打他？我们排练节目，人家北京都来人指导了，他却下地了。下地干活也就罢了，你猜他怎么着？锄头放在地头上，他在树荫凉儿里睡大觉。我不打他，我就对不起我的女儿！

跷儿倒了一杯水过来，让爹坐下，用小手给爹按摩着肩膀，爹，你犯不上和年轻人生那么大的气，你气，你自己舞狮子不就得了。咱不用他了！咱自己的大事咱自己干！

那只手就把水送进了嘴里，就把跷儿按摩的手拉了过来，放在了自己的手中，爹是团长，爹组织了四十头狮子，七八十号人，爹得管理，还得教他们。你说爹不是自己干？你想让爹咋自己干？自己当狮子王，亲自上场？爹还是那年纪吗？再说了，我把所有的本事都传授给铁子了，最终还得自己干？你不怕我这把老骨头散了架？

跷儿的手在爹的手里蠕动着，她掰着爹的指关节说，爹，其实……其实让铁子回去也容易，你得答应我一件事情。

什么事情？

我也想去团里，我也想加入舞狮队。我有武术功底，我也会杂技！铁子当狮王，我当个引狮员可以吗？

胡闹！你不是怀孕了吗？

我这么年轻，可以先不要孩子！

不行！我还是自己当狮王吧！那只手坚决地甩掉女儿的手，牵引着身体，咚咚咚走了。

高大树舞狮团开始新一轮排练了。在排练场上，威风凛凛的老狮王一个滚翻，趴下了，好久没起来。团里的人都围过去，他们看见老团长花白的头发上滴下了成串成串的汗珠。

这时，门口一阵锣鼓声生动地响起来。一个年轻的狮王，威猛刚动、激情热烈地舞了进来，舞成了一团燃烧的火焰，舞出了一声傲天的长啸！再看，引领狮王的短衣小生，精神抖擞，活泼俏皮，动作轻盈，竟然是高大树的女儿高跷儿。不久以后，高大树舞狮团参加了奥运会开幕式文艺表演。沧州狮舞从此走向了世界！

蓝色是我最喜欢的颜色

　　老乔没事的时候就坐在老屋里说话。有时候一说就是半天。老伴在的时候，他和老伴说。他说，唢呐他娘啊，你知道我这房子是怎么盖起来的吗？那是我到渤海湾出了三年海打了三年鱼攒了三年钱才盖起来的。盖起来的当年我就娶了你。当时那真叫个气派。一个村子就咱家是卧板砖房松木檩，那砖烧得瓦蓝瓦蓝的，看着房子就和看蓝天没什么区别。我和你就在这蓝天一样的房子里行了夫妻大礼。新婚之夜，村里那帮没娶上媳妇的嘎小子来听房，他们在我家的阳台上，急得直挠墙。我们屋里就是没动静。你搂紧我说，急死他们，咱今天就是不让他们听去，往后的日子还长着呢，咱慢慢来。我听了你的，放过了你，但我绝不放过那帮嘎小子。我就悄悄地起床，拿起床下的尿盆，推开窗户，把尿连尿盆一起扔了出去……说到这里的时候，老乔常常是愉快地大笑，老伴呢，也大笑，笑得老泪都出来了。

　　后来老伴在他的说话声里走了，带着一生的美好回忆走了。老伴得了病，老乔的诉说没能留住她的生命。

　　老伴走了，他就和儿子说。他说唢呐啊，你小子来得真是时候，这么好的社会，这么好的房子，无忧无虑啊！可你小子来得又不是时候，在咱这蓝色的房子里你一生下来，我就觉得你的脸蓝得透明，身子也蓝得透明。我抱起你这蓝色的人儿，在蓝色的房子里跑啊，在蓝色的院子里跳啊。我举着你，把你举向蓝天，我想比比你和蓝天谁更蓝，谁更透明。可是我却栽倒了，你的头在地上碰了一下。就是这一碰，唢呐啊，你爹碰出了一生的悔，你娘碰出了一生的愁，你呢，碰出了一生的呆。你八岁还不会说话，上初中了，还是小学二年级的智力水平。我让你辍学了。可后来我发现你对色彩有着常人没有的敏感，特别是蓝色。我带你到少年宫学了绘画。唢呐，你小子画的第一幅画就是咱家的房子，那蓝色，画得瓦蓝瓦蓝的，在阳光下，蓝得透明，蓝得让陶醉，让人柔软。

蓝色是我最喜欢的颜色。我把画挂在了咱家的墙壁上，把画挂在了我的心尖尖上。唢呐，你是爹的心尖尖呢！可是我的心尖尖却不是总在我的心里，在我的屋里。我的唢呐经常走失。在我们老两口不注意的时候，你就不见了。有时候，我们拉着拉着手，你就不见了；有时候，我们吃着吃着饭，你就不见了；有时候，我们睡着睡着觉，你就不见了。不见的还有你的画夹和画笔。但你还会回来，有时候一天，有时候一周，有时候一月……你回来就给我带回来一大堆画。我们看画的时候，也看你。我们就把你看得更紧。但你还是经常走失。我知道了，你不是我的儿子，你是蓝天的儿子，你还是大自然的儿子……

唢呐走失的时候，老乔就和老屋说话。他说，我的老伴走了，我的儿子走了，可你这屋子走不了吧。尽管你的蓝色褪了，你的砖老了，你的墙旧了，可我还是不嫌弃你，你就是我的老伴啊！老乔说到动情处，就在屋里来回走动，从东屋走到西屋，从西屋走到东屋。他摸着墙壁，像摸着老伴，像摸着儿子。摸半天老屋，人家也不说话，老乔就着急，就又和屋里的家具、屋里的电视、屋里的床铺说，你们，你们跟了我这么多年，你们总该问问我，我心里到底喜欢什么吧？

老乔和上门来谈工作的拆迁办的齐楚说，齐主任啊，你知道我心里到底喜欢什么吗？蓝色，你说对了。是蓝色。蓝色是我一生中最喜欢的颜色。你看我这房子，它是蓝的，你看我这墙壁，它是蓝的，我的老伴是在蓝天下走的，我的儿子身体都是透明的蓝色。你再看他画的这画，蓝得让人陶醉，让人柔软。

我知道这里要扩建工业区和火车站，我们要拆迁。可我儿子三个月没有回来了。我不是舍不了这老屋，我是怕我搬走了，他再回来找不到我了。可是我又觉得，他小子不傻，就是我搬走了，相信他一定会找到我的。只要有蓝色在，他就能顺着蓝色找到我。齐主任，你不用做工作了，我搬！

半年以后，老乔搬进了一套崭新的楼房。齐楚带人把房间和窗户刷上了蓝天一样的颜色，又把唢呐那幅老屋的画作，端端正正地挂在了客厅的中央。

不久，唢呐果真回来了。身后还跟着一个背画夹的女孩。

两个人的好天气

我爹终于坐上了我叔的奥迪车。

我叔坐进驾驶室，对我爹说，哥，回哪里去？我爹说，老宅子。我叔说，不，还是去那二层小楼吧！

那原来是我叔的二层小楼，可现在归我爹了。我叔新盖了工厂，新盖了楼房，是三层的，就把原来的二层小楼给了我爹。这个决定，就是在刚才，我叔的工厂剪彩后在他的新楼房温锅时做出的。

我爹心里没有什么准备。我爹望着他的弟弟，他的开着车的亲弟弟，心里一劲儿地瞎嘀咕，老二是不是今儿个喝得太多了？那个二层小楼可是值二十多万呢！

我叔和我爹是一对冤家。他们多年前就是一对冤家。那一年，他们哥俩合伙要了块八间房的宅基地。要的时候还欢欢喜喜的，可是在分配的时候，别扭就来了。宅基地一边是住户，一边临着街。哥俩都愿意临街盖房，不愿意钻过道，走路、进车都不方便。最后商定抓阄。结果我爹抓到了里面。一奶同胞的，我爹在埋怨自己手臭的同时，高姿态地说，算了，就这样吧，老二你可要把过道留宽敞一点儿呀！

可我娘不干了。我娘和我叔可不是一奶同胞。不是一奶同胞就要寸土必争。我娘对我叔说，老二，你临街俺们钻过道也行，只是你要让出半间房的地方来！我叔说，这话怎讲？我娘说，不是八间房的地方吗？临街的占三间半，钻过道的占四间半！还没等我叔说话，我婶就弹簧一样蹦了起来，那不行，大嫂，没你说的那个瞎蛋理！我娘说，这理一点儿也不瞎蛋，不行？咱就换换，俺们临街盖！

双方争执不下，就这么点儿小事，惊动了大队里的调解人。大家劝着，两家就按我娘说的达成了协议。可盖成房子之后，我叔在圈院墙的时候，高过我家一砖不说，还把过道甩得窄窄的，我爹的毛驴车都进不了过道。每到秋上麦收时，我们总是把收来的粮食卸在过道头，然后孩子和大人再肩扛手抬地往过道里面的院子里倒腾。俺们累得汗流浃背气喘如牛的时候，我婶在院子里嘀嘀地摁着她家拖拉机的喇叭，尖着嗓子唱歌：一条大河波浪宽，风吹稻花香两岸……

那时候，我爹和我叔两兄弟，就成了冤家。

后来过了些年头，我叔却把房子扒了。他要起楼。我叔原来是生产队的业务员，生产队散了以后，那些关系户就成了我叔自己的关系户。我叔就靠自己跑汽车配件致了富，他要起二层楼。我爹是个死庄稼人，就靠耕耩锄耙土里刨食过日子，本来就被我叔的窄过道和高院墙压得喘不过气来了，如今我叔要起楼，他窝着的一肚子火终于像火山一样爆发了。他拿起刨山药的大镐，愣是把我叔刚刚垒起来的底脚砖像刨山药一样给刨了出来。

哥俩差点刀兵相见。还是经村干部调解，我叔退出半间房的地方，作为屋檐滴水之地。三间二层小楼盖起来的时候，高出了我家房那么多，而楼房与平房之间的空隙，就成了我爹和我叔心与心的距离。当那段空隙长满篱草的时候，我爹窝心地住了院。

日子在我爹逐渐弯曲的脊背上不断地碾过，读完大学的孩子们在城里都安了家立了业有了楼房，我爹还在固守着他那几亩地，那几间房，和我娘过着日出而作日落而息的标本式的农民生活。我几次接他进城，都被他拒绝了。我叔呢，多年后成了村里的首富，在村外盖了工厂，又新盖了十分漂亮的三层宽敞的住宅楼，他们一家搬了出去。工厂剪彩的那天，他给侄子侄女们都发了请柬，还亲自开着他的奥迪车来请我爹。我爹不去，我娘和大家劝了半天，才同意去，可死活不上奥迪车，说那是富家浪子玩意儿，非自己走路不可。

我们两家在我叔装修一新的楼房里温锅。我们都喝了好多的酒。我们知道过去的日子就在这温馨的酒中过去了，而崭新的日子在这新楼上才刚刚开始。大家满堂红的时候，我叔说了一句石破天惊的话：哥，你不愿跟孩子们进城，你就住那二层小楼吧！

温完锅，我爹终于坐上了我叔的奥迪车。奥迪车从村外沿着乡村公路走进村里，把我叔和我爹带进了二层小楼前。我爹和我叔望着二层小楼，望着几间平房，望着小楼和平房间的空隙，哥俩突然就觉得心里空落落的，又满当当的，他们的眼里就有一种闪光的东西同时涌了出来……

阳光下，长满花白头发的我爹扭过头来，对同样长满花白头发的我叔说，老二，今儿个，今儿个……天气真好！

是，老大，今儿个天气真好！我叔应和着。

我爹长在果园里

娘说，你爹迟早会变成一棵树的。我说，娘你真会说笑话，我爹一个大活人，怎么会变成一棵树呢？我娘望了我一眼，就把目光移向了窗外，不信，你到果园去看看。

我就来到了苹果园。春天的苹果园是最能体现春天的生机的。花们开成了一座山，在阳光下比赛着艳丽；永恒的蜜蜂们毫不疲倦地做着它们永恒的工作，从这朵花飞向那朵花，从这棵树飞向那棵树。我嗅着苹果花的味道，我感觉那是世界上最好的味道。我懂了我爹为什么迷恋苹果园了。

我在我家那片果树丛中发现了我爹。我爹没看花们的艳丽，没看蜜蜂的舞蹈，也没嗅苹果花的味道，他立在一棵开始枯萎的树前，用手一遍一遍地抚摸着树干，喃喃地说，又死了一棵红富士。我就在我爹的眼里和花白的头发上读出了悲伤。

十八年前，我家的果园还是一片麦地，一片绿油油的麦地。村长平原哥响应上级大力发展果木业的号召，就把我们的麦地变成了果园。树苗从县里运来了。一天之间，全村那方最好的麦田里就布满了大大小小的树坑，像一件华丽的衣服被无情的剪刀剪得千疮百孔。那时，我和我爹去种树。我挥动铁锹挖了一串坑，我爹还一劲儿蹲在地头吧唧吧唧抽地头烟儿。我走到我爹面前说，挖吧，爹，几年以后咱就吃上苹果了。我爹吐出了一口烟，眼睛直直地盯着麦田，叹了口气说，麦苗都快拔节了。

那一年，我家是全村种树最晚的一户。

几年后，苹果树长成了，我爹脸上的皱纹也被苹果叶子抚平了。我爹的笑声开始在苹果园里回荡，常常是震得树叶舞蹈，露珠飞动。我爹到乡林业站学了果木管理知识，便兴致勃勃管起苹果来。压枝、打杈、浇水、施肥、喷药，他是一棵树一棵树地掰活。每一个枝条，每一片叶子，都经过了他的手。我爹的手里就有了一种苹果的味道。

我爹很累。他一人种着十多亩地，还管着一个果园。我们姐弟先是上学，后是上班，很少帮家里的忙。我爹一年四季就长在了地里。当果园开花结果的那一年，我爹让人拉了一车砖，在果园里盖了一间小房子。我爹吃住就在果园里。我娘就天天给他送饭。我娘说，你个老东西，干脆另找个女人一起来果园住得了，也省得我天天伺候你了。我爹就咬一口馒头，蔫蔫地一笑，你还不知道吧，我早找了。我娘一瞪眼，变着嗓子问，她是谁？我爹就一指果园，苹果树呗，还能有谁？

采摘苹果是我们全家最欢乐的时候。我和出嫁的姐妹们都回到了家帮忙，果园里就蓄满了我们全家的笑声。我爹像小伙子一样爬上树，摘满一篮子苹果，然后就对我儿子和我的外甥男外甥女们嚷，孩子们，接着姥爷的篮子，你们敞开肚皮吃吧，我让你们吃个滚瓜溜圆。孩子们就燕子一样乍着翅膀飞过去，争抢着篮子，篮子在他们手上跳跃着，滚动着，苹果就顺着他们的头水一样流到了地上。我看着孩子们，童心大发，我也变成了孩子。我跑上前去，同他们争抢着。我把那个最大的苹果抢到手，用衣袖擦了擦，刚要往嘴里送，我爹却从树上跳下来，一把就夺了苹果，小子，吃小个的吧，大的卖价高呢！

那一年的苹果确实卖了个好价钱，一块五一斤，我爹的手里就有了几千块钱。他便投资买了一个小三轮和一台打农药的机器。我爹逢人便讲，这种苹果是比种麦子强，赶过年我能闹一万多块呢！

然而第二年的情况并不好。秋季多雨，气候潮湿而闷热。茂密的果园里，苹果大量腐烂，雨一样劈里啪啦往下落。我爹想尽快处理掉那些不烂的苹果，可乡间公路软得像面条，运输的车，进不来，出不去，一万多斤苹果眼睁睁地看着变成了屎酱。我爹把这些屎酱们全部掩埋在果园里，他的脸上也沾满了屎酱。

接下来的年份却出奇的干旱。经常是一春无雨，河里干枯了，机井的水也少得可怜。先是一树树的苹果花由于得不到水分的滋补，迅速凋谢枯萎，接着就是喜水的红富士苹果树一棵接一棵死亡。我爹毫无办法，他用手一遍一遍地抚摸着干枯的树干，望望不飘一丝云彩的晴空，老泪无声地滴落在苹果树下。

村里闲置多年的广播喇叭就是在这时传来村长平原哥的声音的。平原哥说，县上已经批准，我们村要在苹果园里建一个大型汽车配件市场。平原哥还说，现在是工业时代，果园就不要了，三天之内全村人要把果树全部刨掉！

苹果树是我爹的女人。苹果树是我爹的魂儿。刨完了苹果树，我爹便没有了女人，便没有了魂儿。我爹开始整天整天地不回家。我娘叫他，他不回。我叫他，他不回。我的姐妹们来叫他，他也不回。他不是围着没树的果园转圈，就是立在果园里愣愣地望天。我娘说，你爹毁了，他不是人了，他迟早要变成一棵树的。

我娘果然说得不错。就在五月单五那天，我去果园看我爹。我绕过筹建汽车配件市场的人们，找遍了整个果园，也没有见到他老人家的影子。在一个刨掉果树的树坑前，我真的发现我爹已经长成一棵果树了。

那是一棵枝杈和叶片都直指青天的老树。

乡思红

红云从娘娘河里爬上来，将湿漉漉的头发高高挽起，少女清爽爽的身子就仙女一样袅袅娜娜地向河北岸飘去。在那棵七百四十岁的嫡祖树前，她看见父亲洪钟正和一个外乡人你一言我一语地争着什么，树上倚着的竟然是聚馆村的老美女红果。

老洪，你就别犹豫了，给你二十万怎么样？二十万买一棵快死掉的破枣树，这种事只有我温傻子才肯干！

不卖，这可是我祖上留下来的宝贝啊！

宝贝？你也不会利用。还不如卖给我，连树代根一起刨掉，你在这里好好种庄稼吧！你说，我再加十万块怎么样？

好，就这样定了！这时倚在树上的红果说话了，她拦住了还想梗脖子的洪钟，对那个外乡人说，你快去准备钱，洪大嫂正等钱治病，红云这孩子功课好，考大学也正愁学费呢！

红云就斜了红果一眼。心说我考大学碍你屁事！你四十多了还不嫁，天天围着我爸转，巴不得我娘死了赶紧嫁到我们家呢，在外人面前装什么慈悲？还不是想卖了树分一半钱？

红云就悄悄地跟着那个叫温傻子的外乡人来到了信用社，把他拉到旁边问，大叔，你真傻啊，怎么出那么大的价钱？

温傻子哈哈一笑，姑娘，我才不傻呢！我把这树弄回去，用它的接穗嫁接一片冬枣林，所有的枣树不就都成了宝贝，都能卖三十万的大价钱了吗？

　　红云就明白了。明白了的红云转身向乡政府跑去。在阳光下，她刚刚浴洗过的身段变成了一缕风，高高挽起的长发飘扬成一面黑色的旗帜。

　　这件事情发生在十年前。红云去乡政府的结果是：乡长带人来了。洪钟的树没卖成。红云的娘不久因病去世。红果如愿以偿代替了红云娘。红云读大学的学费一部分靠乡政府供给，一部分靠自己在中关村打工。

　　就在红云读大四的时候，突然就接到了来自聚馆村的一笔汇款和一箱冬枣。是红果寄来的。红云还收到了红果和洪钟分别寄来的信。红果的信说，红云，多亏了你的告状，咱的嫡祖树才能保留下来，咱村的一百九十八棵宝贝冬枣树才能保留下来。如今，乡里市里提倡种枣，咱家嫁接了自己的枣园，咱村有了一大片枣林，咱乡里有了几十万亩的冬枣生产基地。今年咱的冬枣丰收，卖了五万斤，给你寄去一万元，你就自己买台手提电脑吧！洪钟的信说，红云，你以前误解了红果，她其实是一个好女人。她对我好却没想拆散我和你娘，她真的希望用卖树的钱治好你娘的病。这几年，她和我拼命地侍候树，侍候冬枣，就是想有了钱送你到国外留学，也让咱枣乡和世界接轨啊！你尝尝那棵嫡祖树嫁接出来的冬枣吧，它皮薄肉嫩，酥脆味甘，入口欲化，是过去皇帝才能享用的仙品呢！再有，你回家乡来看看吧，你洗澡的娘娘河畔和我们的冬枣园已经连天一碧了！

　　红云读着信，读着父亲这个老高中生对冬枣的描述。然后吃一颗冬枣，就香甜地哭了。

　　哭过之后，红云就回了一趟聚馆村。那时，娘娘河的水已经很凉了，但红云还是裸身投入了母亲河的怀抱。她喝一口河水，吃一颗冬枣，又劈里啪啦游泳一阵子，秋水澄明，倒映着枣林。红云觉得自己是一条美人鱼，不，是一个枣林里的精灵，游泳在家乡的情愫里。

　　红云帮助红果和父亲建起了村里第一个食品加工有限公司。又贷款投资在北京买了一个大冷库，将全村的冬枣一下子就聚到了北京。又通过北京航空学院一位同学的关系将冬枣打入了中国国际航空公司，把冬枣作为配餐食品送上了蓝天，送上了世界各地。

　　红云研究生毕业以后，分到了商贸部。她牵头在人民大会堂举办了首届冬枣节。当年的乡长、现在的市长将一个红红的聘书和十万元奖金送到了红云的手里。红云接过聘任她为市政府经济顾问的聘书，却把奖金退了回去。红云说，市长，用这钱举办一个冬枣技术培训班吧！我只想拥有两棵家乡的冬枣树，我要把她永远栽种在我的心田！

2007年9月，红云工作去了加拿大。临走时，她回到了聚馆村。在娘娘河畔，红果和洪钟在那棵险些卖掉的嫡祖树下刨来两棵嫁接好的冬枣树。赠树仪式上，市长把彩绸包裹的冬枣树郑重地送到红云的手中。红云透过彩绸，循着市长的目光向茫茫的冬枣林望去。那里，串串成熟的冬枣，琼珠金玉，红接远天。

不久，红云把那两裸冬枣树苗种在了加拿大。她给即将长大结果的冬枣树取了个朴实动听的名字——乡思红。

有句话一直想告诉你

　　村里出了件新鲜事，章老汉的儿子、女儿、女婿把章老汉告上了法庭。（注一：这不是第一件新鲜事，第一件新鲜事是爹在前几天给我们三个人写了一张大字报，骂我们不孝，骂我们是畜生，还把大字报贴在了村里用电公布栏的黑板上。我们也是有儿有女的人了，我今年还有了孙子，妹妹的女儿刚刚和村支书的独生子订了婚，这让我们在儿女们和村民面前怎样做人？爹这种行为，是对我们三个人的极大伤害。几天来，看到村民们聚集在大字报前指手画脚，对我们横加指责，我们就像当众被人剥光了衣服一样无地自容。为了维护做儿女的尊严，我们三人一合计，这才由妹夫执笔起草了诉状，递交到了法院民事庭。）

　　法院受理了此案。开庭审理那天，章老汉在法庭上哭了，硬邦邦的老泪顺着他布满皱纹的脸簌然滚下，落地有声。他颤抖着说，俺也是迫不得已呀！俺是个孤老头子，有儿有女的，还是一个孤老头子。这几个不孝的儿女根本就不管俺，他们心黑呀！不给俺钱花，也不给俺酒喝，特别是这些年俺一直想娶村西开酒店的何寡妇，他们就是不让。俺没办法，这才贴了大字报。（注二：不对，爹说的不对！我们并不是不孝顺。说实在的，爹这么大岁数了，是孤单得慌，可他就是不可人疼。每月我和哥都摊份子给他，他倒好，都拿去喝了酒。他经常是被酒店的伙计抬着送回家来，回来后睡着了还好，睡不着就骂大街、撒酒疯、砸家伙。说出来不怕大家笑话，他有一次还拿着我给他的钱去洗头房里找小姐。这么一大把年纪了，让一村人笑掉了大牙。他这么折腾，给的钱自然不够用，我们又都是小庄稼主儿，土里刨食的人，孩子还都上学，哪有那么多的钱给他。不给他就闹、就骂。唉，做儿女也理解爹，他是烦躁呀！爹这爱喝酒爱发脾气的毛病都是娘死后才染上的，以前爹可不是这样。我们不是不想再给他找个老伴儿，也找过。找了两个都让他打跑了。他说他这辈子只要两个女人，一个是娘，再一个就是村西的何寡妇。不错，爹常去喝酒的酒店早些年是何寡妇开的，爹和何寡妇背着娘也有些叫人风言风语的事。可何寡妇前些年早就得肺癌死了，酒店也兑给了别人。何寡妇死后，爹就像中了魔怔一样，隔三差五就去酒店，喝多了就嚷着要娶何寡妇。我们劝他何寡妇死了，他说没死，那么好个人怎么会死呢？是你们不让我娶她。唉，爹呀，你让我们做儿女的说什么好呢？）

在法庭上，章老汉的子女和女婿请求法院判老父亲向他们道歉，并赔偿一定的精神损失。章老汉一听就急了，什么？俺是爹还是你们是爹，许爹对不住儿子，不许儿子对不住爹！俺生下你们养大你们，容易吗？俺没钱，也不道歉，看你们能把俺这老头子怎样？（注三：要我说不赔钱行，不道歉不可行。我们不能把你怎样，可法律能把你怎样！法律，懂不懂？现在这社会进步了，再来"文化大革命"那一套，甚至封建家长制那一套，吃不开了。按说我不该参加意见，可这些年我做女婿的也窝囊呀！我和老婆是一个村，这娶一个村的媳妇真不是件好事情。挨着近，就管得多，家长里短、大事小情都得掺和。掺和多了，遇到明白老丈人还念个人情，遇到像老章头这样的老丈人你就憋屈去吧！别的事咱不说，就说他上洗头房找小姐那码事吧，让派出所给抓了！人家罚款，孩子他舅嫌丢人不管，是老婆催着我去派出所交的钱领的人。派出所长和我是同学，他问是我的什么人？我说是孩子他……他……外公。我说这话的时候，我这被农村毒日头晒得像包公的脸愣是红透了。到了大街上，我赶紧叫了辆出租车，把他拉回了家。像我这样的女婿上哪里去找？后来，是我出的主意，少给他钱，多限制他出门，没事就让他在家好好待着。我还对孩子他大舅说，告诉酒店再喝酒咱们不还账。这下酒店不让他喝了。这不，临了连我都骂上了，你说气人不气人？）

法院在调查取证后，经过认真审理，依法判决：章老汉在他贴出大字报的公告栏处公开以书面形式向子女道歉，诉讼受理费三百元由原告负担八十元、被告负担二百二十元。判决后的第三天，章老汉由村支书陪着，又贴了一张大字报，向子女们道了歉！（注四：其实我们不需要爹赔钱，诉讼费也不用他负担，只不过我们想讨个说法，想在村民面前挣回点面子。官司结束后，我们知道，爹很伤心。于是，在爹向我们道歉的当天晚上，我们三个人买了几个菜，提上两瓶酒，叫上村干部来到了爹的屋里。一进门我们就给爹跪下了，我们说，爹，有句话一直想告诉你，老人不容易，做儿女的其实也不容易呀！）

1858 年的歧口

这是一个尘封已久的故事。我知道这个故事一旦公诸于世，我将由一个懦夫变成一个英雄。之所以沉默这么多年，是因为我相信真的英雄不应站在岸上，不应享誉在人们的赞美歌颂里，而应沉在海底，沉在真实的历史中。

我刚刚运到歧口炮台时，威风凛凛：硕美的身材，乌黑的炮口，结实的炮架……我昂首在 1858 年浓烈的阳光和强劲的海风中，身上的红绸缎在海风里飘扬如旗。那时人们叫我"二将军"，我在歧口的南岸。北岸有我的哥哥"大将军"。我们兄弟俩遥遥相对，雄风相逼，一时成为歧口的话题和风景。

涨潮了。海浪声里，常混杂着炮声从深海传来。我身下有着丝丝的颤抖，炮膛有一股类似血液的东西在滚滚奔腾，一直涌到了炮口。我感觉一场战争正悄悄降临。

果然，一个船队在又一次涨潮中出现了，那是英法联军的船队。本来我应该及早发现的，但我没有。昨晚守护在歧口哨所炮台的鹿哨领从城里带回了一个烟花女子，他们就骑在我的身上喝酒耍乐，斟酒伺候他们的是一个叫作陶马的兵丁。陶马是歧口人，是他的老爹把他送上炮台当兵的。那个叫陶牛的老人去深海捕鱼，被一艘外国军船抓去，放回时已失去了双手。渔民以手捕鱼，没有了手，就等于没有了生存的屏依。陶牛脸上的皱纹更深了，像海滩被人挖出了道道海沟。炮台建起来的那天，陶牛就把陶马带来了。老人迎着海风靠在了我的身上，悠悠地说，儿子，我要你学会放炮！可陶马没有学放炮，而是被鹿哨领收为了勤务兵。那晚，陶马一杯一杯地倒着酒，鹿哨领和那个妖艳的女子就一杯一杯地喝着。

102

鹿哨领把酒灌进了肚里，女子把酒洒到了我的炮口。当女子唱起撩人的烟花小调时，我已醉眠在漫漫长夜里了……

我醒来时已经太迟了。我已能看见船头上洋鬼子们的尖嘴猴腮和涂着蓝靛水一样的眼睛，还有他们手里的望远镜。我扯着嗓子大吼，鹿哨领，快弄炮弹来啊！我喊了大约二十多声，鹿哨领没来，陶马和几个兵丁来了。陶马拍着我的炮身嘟囔着，鹿哨领和那女人跑到城里去了，你说这炮弹怎么装吧？

我还没有回答，就听见了一声炮响。我看见歧口北岸我的哥哥"大将军"吐出了一枚炮弹，又吐出了一枚炮弹。洋鬼子的一艘船就起火了。于是，我焦急地说，我帮你们吧！我就哗地把炮膛自动打开，刷地把炮信子自动弹出。陶马他们就把炮弹推上了膛，把炮口调向了最前面那艘外国船，点上了炮信子。

炮信子哧啦哧啦地燃烧着，一直燃烧了半袋烟工夫，还不见炮弹出膛。我用炮膛中的敏感细胞感觉到炮弹与炮信子无法连接，因为这是一枚臭蛋。

陶马他们立即换下了这枚炮弹，又换上了一枚，还是臭蛋，再推上一枚，还是不响。他奶奶的，我骂了一声！他奶奶的，陶马也骂了一声！

骂声里，一枚炮弹就尖叫着落在了歧口，炮台就被掀去了半边。陶马他们的脸被熏成了黑炭，还有暗红的血从额头上渗出。硝烟未散，有一群人从歧口村跑来了。前面是摇摇晃晃的陶牛。他们有的手里拿着刀叉，有的拿着长矛，还用网兜子兜来了一堆火药。

陶马就跑上去扶住了他爹，号啕大哭，爹，炮弹不响啊！陶牛就咬了咬下唇，咬出了两个血淋淋的汉字，奸商！

陶牛走上炮台，看了看我洞开的炮膛，望了望越来越近的洋鬼子的战船，发出了撕裂空气般的声音，乡亲们，上火药——

轰——歧口渔民自制的土火药和着沙子石块从我急不可耐的胸膛里喷出去，然而却没能够击中目标。

又有几发炮弹从洋鬼子那里射来。整个炮台都坍塌了，一群人也倒在了血泊里……

狞笑着的洋鬼子爬上了歧口。海滩上他们的脚印像熊迹。他们把我从沙堆里扒出来，蹬着，踹着，嘲笑着。然后，抬起我放上一只小渔船。他们想把我当做战利品带回他们的国家去。

　　我怎么能跟他们走呢？我为咸丰皇帝而耻辱，我为鹿哨领而耻辱，我为我自己没能发出一枚炮弹而耻辱。我怎么能把这失败的耻辱带到国外供人展览呢？我必须留下来，即使被人唾骂也要留下来！于是，我不停地晃动炮身，用力下坠，小船就被我掀翻了。

　　我就留在了歧口，和陶牛、陶马的尸体一起埋在了炮台下。

　　后来，我被人挖掘出来。得见天日的那天，有人狠命地踹了我一脚，呸，这就是那个懦夫"二将军"！大敌当前它可是一炮未发啊！我咧了咧锈蚀的炮口，想讲一段故事给他们听，但我终究一言未发。

　　多少年后，我被人弄到了一座现代化的城市，放在了一个新建的博物馆门前。我经常听到一个年轻的女孩在给游人讲解：1858年的歧口，有两座炮台，北岸有"大将军"，已经沉在了海底，南岸有"二将军"，是个懦夫……

1963 年的水

1963 年，我是一个成熟而敏感的胎儿。透过母腹的躁动，我感觉一股强大的潮湿弥漫了整个天空、村庄和田园。我知道一场大水必定要来。因此，我赖在母亲的肚子里不肯出来。

我的感觉果然不错。整个夏天先是暴雨不断，接着就传来白洋淀上游出现特大洪峰的消息。千里堤被水浸泡得像我母亲擀的面条一样柔软，它承受不住洪魔的撞击和拍打，决口了。

冀中平原一片汪洋。在这片汪洋里，我们的村庄变成了一片飘摇的树叶。我在母亲的肚子里听到了房屋倒塌的声音，牲口嗥叫的声音，孩子哭喊的声音，还有当村长的父亲指挥人们撤离的声音：全体社员请注意，大家一律到陈家祠堂高地集合，老人妇女搭棚子，男劳力抄家伙筑堤埝，共产党员随我去白洋淀保护千里堤！在父亲洪亮有力声音的鼓舞下，一村人开始了有条不紊地撤离。母亲拖着沉重的身子，挎着一个大包袱，领着大姐二姐淌水行走。当我们爬到陈家祠堂的高地时，我听到大姐惊叫了一声，娘，坏了，俺的梳妆盒忘拿了！

陈家祠堂的高地成了一个孤岛。父亲带人走了，留下来的铁塔叔成了一村人的主心骨。那时我的眼睛过早地睁开了，我看见铁塔叔光着黝黑的膀子，撑着用几块木板绑成的排子，带人去坍塌的村里打捞食物，还去村外的玉米地里掰生玉米。铁塔叔的那个木排驮的不是粮食，它驮的是一村人的生命呀！

已有的生命面临着生存的困境，新的生命却又在不断诞生。和我同期孕育的孩子真不懂事，接二连三地来这个孤岛上凑热闹。母亲在婴儿带血的哭声里不

105

住地抚摸自己的肚子，用粗糙而温情的手掌和我交流。手掌说，儿子，按说也到日子了，怎么你还不出来呢？我动动小腿，晃晃脑袋告诉母亲，不着急，我不着急，我在静静地观察思考这洪水，这人，还有以后那没水的日子。手掌说，也好，你就待在里面吧，这又潮又湿又热，又缺食物的，我真不知道如何安置你！我用小脚抵住母亲的手。我说，娘，等大水过后我再出来吧，以后你还要为全村人操心呢！

飞机来了。是毛主席派来的飞机。大姐二姐和其他孩子们欢呼着，呐喊着。我循着人们的视线向天空望去，只见一架巨大的直升飞机在空投食物。食物像蝴蝶一样飞舞着，漂在水面上，挂在树梢上，也落在我们栖息的高地上……人们哄抢着，撕扯着，翻滚着，一片混乱。母亲急了，她笨拙地爬上了一个高台，把手用力一挥，大声喊道，社员同志们不要乱，大伙要把食物先让给老人孩子，还有刚生产的妇女，然后把余下的归拢起来，等铁塔回来再按人头分！人们看看母亲的肚子，就停止了混乱，互相谦让着，照着母亲的话去做了。那时，我觉得母亲挥手的动作和喊叫的声音和我父亲像极了。

大家都盼着铁塔叔回来。母亲更是盼着我父亲回来。可他们俩人谁也回不来了。铁塔叔撑着那只木排去村里打捞食物，被坍塌的房子盖在了下面。而我父亲为保千里堤，跳进洪水里，变成一个树桩，永远地长在了千里堤上。

洪水退去了。大家推举母亲做了村长。母亲用手掌和我进行了交流。我理解她的意思，我说，娘，你不用惦记我，该怎么干你就怎么干吧！母亲用一条腰带紧紧地束住了肚子，把大姐二姐交给刚刚生完孩子的铁塔婶，就风风火火地投入到重建家园的斗争中去了。母亲拖着沉重的身子，带领村民整修危房，抢收庄稼，又跑到县上，接来了医疗队，为每个村民打了防疫针。

母亲自己却病倒了，而我终于在她虚弱的身体里待不住了。在医疗队临时搭起的卫生所里，母亲拍拍肚子，对焦躁不安的我说，儿呀，这回你可以出来了，娘知道你之前害怕这场大水，但以后你会怀念这场大水的！母亲的话令我十分悲痛，我挣扎着爬出母亲的生命通道。伴着一声大哭，我，终于瓜熟蒂落了。

四十年后，当我们被干旱、风沙和冷漠、自私所包围，已经人到中年饱经沧桑的我，领会了母亲那句话的全部含义。

于是，我开始怀念1963年那场大水了。

纪念白求恩

枪炮声渐渐稀少，不久便停了。伤员不再抬来，六里以外的齐会战场战斗已经结束了。

诺尔曼·白求恩走出了真武庙。战斗持续了三天三夜，他率领战地医疗队连续工作了六十九个小时，救治了一百一十五名八路军伤员。但他还是不敢休息，唯恐有新的伤员突然而至。他在真武庙的临时手术台上稍微打了个盹，就来到了屯庄村口。在四月早晨温暖的阳光下，他向着远方望去。如果战争顺利的话，他十一月份就可以回到加拿大了。

尹闯一家就是这时候走进白求恩的视线的。那时候，尹闯牵着一头小驴，他媳妇背着筐头，手里牵着三岁的女儿。他们要到地里去。

白求恩的视线从远方收回来，落到了大人和驴上，又落到了女孩粉嘟嘟的小脸上。他突然跑过来，张开双臂就要抱那个可爱的小女孩。尹闯夫妇看到一个黄发碧眼、人高马大的洋人，当时就吓呆了。他们扔下毛驴和筐头，抱起孩子就跑，边跑边喊，乡亲们快来啊，有人要抢孩子——

喊叫声聚集来了村民，也把医疗队惊动了。村民们护着尹闯夫妇和孩子。医疗队的翻译郎林赶紧过来解释，原来，敏感的外科医生白求恩看见了小女孩的豁嘴，觉得很可惜，想抱起她去给她做个整形手术！

尹闯不知道什么是整形，什么是手术。郎林向他解释了白求恩的比比画画以后，他才疑惑地问，孩子的豁嘴是从胎里带来的，能治好吗？郎林说，你知道白求恩是谁吗？这对他而言是最小的手术，没问题的。

手术很简单，也很顺利，不几天就拆药线了。尹闯拽着媳妇，给白求恩送去一篮子红枣和柿子。白求恩抓了一把红枣，香甜地吃了一个，把篮子递给了尹闯。白求恩说，老乡，我是八路军的医生，不收礼物，给孩子治病是应该的，要谢就谢八路军吧！

白求恩的这句话，改变了尹闯的一生。他搂着媳妇想了一整夜，终于想出了一个感谢白求恩的最好办法。他参加了八路军，跟着贺龙的部队上了前线。尹闯走的那天，年轻的媳妇流着泪，抱着康复的女儿追了很远。

尹闯再次见到白求恩，是在涞源战场上。一场战事正在涞源与摩天岭之间的战线上展开。尹闯的腿被日本鬼子带毒的弹片穿透了，他昏昏沉沉地被抬到了一个小村子里。

很快他就上了手术台。手术台设在村子的木头戏台上，戏台前面挂着几幅白布，挡住了他的视线。一会儿，白布幔被掀开，一个熟悉的身影闪了进来。

白大夫……尹闯叫了一声，想坐起来。白求恩按住了他，别动，你的伤很严重，得立刻手术。

显然，白求恩没有认出他来。他开始给尹闯做手术。

外面突然响起了一阵枪声。哨兵跑进了手术室，报告道，敌人从我们后方过来了，要马上转移！

白求恩头也没抬，做完手术再走。他又对护理员说，快，把剩下的伤员都抬上来，一次三个，时间还来得及！

一发炮弹，落在了戏台旁边，白布幔被撕扯去了一片。

该死——白求恩大声骂了出来，助手们都飞快地转过身来。但见他做了一个手势，没什么，我刚把手指划破了。他举起了没戴手套的左手，浸到了旁边的碘酒溶液里，然后又继续给尹闯手术。

尹闯抬起头，声音微弱地说，白大夫，你撤吧，我不要你因为我不走！

白求恩轻轻地把他的头按了下去，这是医生的事情，如果手术停下来，你这条腿就要完了！

尹闯说，白大夫，你可是救了我们一家人啊！

白求恩没有听见。尹闯的泪水在越来越近的枪炮声中肆无忌惮地滚了出来！

接下来的事情大家都知道了。白求恩因给八路军战士做手术划破手指，不幸感染，患了败血症，在唐县逝世。那是 1939 年 11 月 12 日，5 时 20 分。是他原定要回国的日子！

后来的事情大家就不知道了。那个被白求恩治好腿伤的八路军战士尹闯，重返抗日战场。打走日本鬼子，又参加了解放战争。全国解放以后，解甲归田。回村后，他带领媳妇女儿，在河间屯庄真武庙前，跪了整整一天，然后挨家挨户走了一圈，开始募捐。

一年后，尹闯请人建起了白求恩手术室纪念馆。按照自己的印象，塑了一个白求恩雕像。尹闯就在纪念馆内，盖了一间小房，常年守护在那里。

1995 年，尹闯病逝。政府对纪念馆进行整修，命名为爱国主义教育基地。基地就掩映在绿树环抱的屯庄内。

腿

　　我是一条被撞伤的腿。左腿。在医院里，医生对我的主人唐小凡说，保不住了，得截肢。唐小凡一下子就昏死了过去。我也昏死了过去。当唐小凡和我共同醒来的时候，我们已经身腿分离了。

　　现在我就被搁置在手术台下的卫生桶里。我成了一条没用的腿。关于对我如何处置好像还没有最后决定，因为那辆碾压我的黑色轿车还没有找到。

　　我是元旦的大清早被车撞伤的。那时候天还没有亮，唐小凡就把我和我的弟弟右腿折腾起来了。我一向认为我是哥哥，因为唐小凡走路总是先迈左腿。因为有什么大事难事需要腿去解决的时候，唐小凡总是把我踢出去。为谁大谁小的问题右腿总是和我争。争不过我的时候，它就耍性子使脾气，和我步调不一致。我往前迈，它往后撤。弄得唐小凡走路总是一蹿一蹿的，显得焦急万分。

　　不过我的主人唐小凡确实是一个急性脾气。她不能不急。她和她的丈夫几年前都下了岗。他们就靠着给别人打打零工支撑家庭，供给女儿上学。虽然苦，却也平安平静。后来就不平静了。单位有个政策，夫妻如果离了婚就能安排一方上班。唐小凡就和丈夫商量好先离婚，等丈夫上了班后再复婚。可是那混蛋男人上了班却再也不提复婚这个茬，也很少再回到这个家，和单位的另一个女人同居了。单位的人说，他和那个女人早就有事。唐小凡一下子就蒙了。她清醒过来带着女儿来到了妇联。妇联也拿法律没办法，只能是唉声叹气地介绍她去保洁公司当清洁工。

　　唐小凡很看重这份新的工作。她总是起得很早，认真地清理她负责的路段。

清理结束后，她稍事休息，还要到火车站去接垃圾。那时候有一辆由北向南的列车要经过这座城市，这样就弄得我们双腿很辛苦。其实那天唐小凡满可以不起那么早的，她如果按照往常的时间起就不会有后来的事情发生的。可唐小凡那天就是醒得早。头一天晚上放假回家的女儿和她唠叨了半宿，说是开学后学校要组织英语补习班，她一定要参加，补习费一学期六百元。唐小凡就一夜没睡好早早地醒来了。她想早早地清理卫生，早早就到火车站接垃圾，因为元旦临时增加了两趟列车。她的存款还差一点，她想万一在这几天捡到一些贵重的垃圾卖了，就能凑够女儿的补习费了。

于是车祸注定要发生。我那时候就跟着唐小凡在那条宽阔的马路上认真地打扫着卫生。实实在在地说，我是一条爱劳动的腿，我愿意跟随我的主人去干点对这个城市有好处的事。尽管我干完了活，我还是一条默默无闻的腿，我还要疲惫地去跟随那个急性脾气的女主人继续疲惫。也许唐小凡觉出了我的疲惫，也觉出了平时对我的不公，她那天面朝南用右腿开路，卖力地由东向西挥舞着扫帚。看到我只是轻松地跟随着右腿，我的弟弟右腿那个不情愿啊，它拼命地向后撤，但都被主人的执拗制服了。那个早晨是如此的安静，起初一辆车也没有。唐小凡干活就很潇洒很大胆，也很快乐，我甚至听到了她在哼着一首流行歌曲：狼爱上羊啊，爱得疯狂，谁让他们真爱了一场……就这样，唐小凡很快就清扫到了白云大酒店的门前。路中央有一大堆垃圾，唐小凡就毫不犹豫跑上前去，弯腰去捡。她的姿势就改变成了面朝北的状态，也就是说，我这条左腿和右腿换了位置。我被她换到了前面。那堆垃圾还没有捡起来，一辆车就惺忪着睡眼从白云大酒店开了出来，一下子就撞在了唐小凡的身上。我听到了唐小凡哎呀了一声，一个车轱辘从我的身上碾了过去。之后，那车轱辘停也没停，就一溜烟开走了。朦胧间，在那尾气的氤氲里，我看见那是辆没有开灯的黑色奥迪车，我也看清了车子的牌照。我还看见，唐小凡的右腿在我的旁边敲击着地面，一副幸灾乐祸的样子。

可唐小凡没看见，她早已经昏迷了过去。半小时后，才有一辆运送垃圾的环卫车开了过来。那时我和右腿早已经冻僵了。

在医院里，除了我与唐小凡腿身分离以外，她还有多处受伤，她的双臂、肋骨、骨盆也遭遇骨折。保洁公司的领导来了，他望着我这条无用的腿说，唐小凡的腿没了，以后，保洁工们谁还敢到马路中央清扫垃圾呢？

　　唐小凡的女儿紧紧地把我抱在怀里，放声大哭，妈妈，我不参加补习班了，我不上学了，我一定要找到肇事者，让他赔你的腿！

　　这时候，沉默了这么多年的我——一条任劳任怨的左腿说话了。我说，我认识那辆车，也记住了车牌号，让我来和你们一起查找那个可恶的家伙吧！

　　可是，他们没有听见，仍然陷在无边的悲伤里。也难怪，这世界上，有谁能听一条死去的无用的腿的诉说呢？

无鸟之城

　　我们这座城市，已经很久没有看到鸟儿了。工厂里林立的烟囱，浓烟笼罩下鳞次栉比的楼房以及街道上密密麻麻的车辆和人群足以让鸟儿们望而生畏了。没有足够大的空间和足够好的空气，鸟儿凭依什么来憩息和飞翔呢?

　　然而，文学青年蓝海洋却天天期望鸟儿的出现。蓝海洋在一个很清闲的部门工作，有着一份很清闲的工作，有着大段大段的清闲时间供他自由读书自由遐想。读书累了，他就双手托腮在窗前对着天空凝眸远眺，阳光、云朵，还有灰不溜秋的天空，却没有鸟儿飞翔的踪影。蓝海洋就想：这个社会人太多了才不会被重视，鸟儿又太少了才让人如此期盼，什么时候自己能变成一只鸟儿，飞出这笼子一样的楼房呢?

　　这种念头越积越大，便膨胀成了渴望的气球。渴望的气球长出了蓝海洋的胸膛，蓝海洋就觉得他有试着飞翔的必要了。也许飞翔不仅是鸟儿的天性，人也会飞吧? 只是因为他们习惯了行走和坐卧才忘记了飞翔的本能。如果通过我的试飞而挖掘出人的飞翔本能从而成为一只自由的鸟儿，岂不是我对这个世界至少是对这个城市的贡献?

　　这样想了几天，蓝海洋就觉得应该付诸行动了。那天早晨，他换上了一身宽大的衣服，从单身宿舍里出来，爬上了单位的楼顶。他在楼顶上跑了几圈，停住，伸臂，踢腿，扩胸，又弹跳了几下，对着天空用尽生平气力呐喊了一声，我要飞翔——

　　声音从天空飘下，砸落在大院内已经来上班的人们身上。整个单位的人都抬起了他们的头。蓝海洋的目光扫过天空，扫过这个城市的楼宇，然后与人们眺望的目光相撞了。他发现了大家的目光是惊喜的、渴盼的、赞许的，甚至是鼓励的。

蓝海洋毫不犹豫地来到楼顶中央，一阵激烈的助跑后，张开双臂来了一个激越的弹跳，他就真的飞翔起来了。

他的飞翔是轻盈的，缓慢的，宽大的衣裤在风中飘曳着，飞舞着。开始是向上的，继而是平行的，接着就开始了下坠。蓝海洋屏住呼吸，揪着头发，努力向上提着身子，却怎么也控制不了下坠。后来，他的身子开始了旋转。他看到了大院的人们四散奔跑，有几个人还扯起了盖货物的篷布。他正向那篷布平躺着落去。随着嘭的一声，他就什么也不知道了。

蓝海洋第一次飞翔没有成功。他落了个驼背。出院的那天，医生将包着驼背的纱布撤去之后，竟然发现他的驼背上长出了两个对称的肉芽。医生奇怪地用手术钳去夹那肉芽，没想到钳子一触，那肉芽竟然活动起来，生长起来。眼见着就长成了一对巨大的翅膀。医生惊叫一声扔了手术钳，像遇到鬼怪一样跑出了病房。

蓝海洋却兴奋地啊啊大叫起来，他用力抖抖双翅，走出屋子，穿过医院长长的走廊，穿过人们愕然的目光，来到了喧闹的大街上。蓝海洋做了一个深呼吸，展开双翅，又是一阵助跑，这回真的飞翔起来了。他飞呀飞呀，飞过楼房，飞过我们这座城市，穿过烟霭，穿过云朵，看到了云朵上面的丽日和蓝天，也看到了一架直升飞机正在头顶掠过……蓝海洋想鸟儿呢？鸟儿在哪里？我是因为城市没有鸟儿才变成鸟儿的，我以后应该和鸟儿们在一起生活才对呀！这样想着，蓝海洋就从天空中降落下来，飞翔着盘旋着来到了城外的一片树林里。

那是一片很大很密的槐树林，在一条河流的北岸。开满槐花的槐树林里聚集着各种各样的鸟儿，蓝海洋来的时候，鸟儿们正开会商量迁移的事。因为一个外商看中了这块地方，要毁掉槐林开办一个娱乐场。鸟儿们不得不另觅栖息之地了。蓝海洋的到来，加速了鸟儿们迁移的进程。鸟儿们惧怕这个同类中的"异类"，头鸟一声长叫，槐林卷起了一阵旋风，黑压压的鸟群霎时退潮一样飞走了。缤纷的槐花落在地上铺得足有一尺厚。

蓝海洋想向鸟儿大喊，别跑别跑你们别跑我也是一只鸟儿呀！可他已经说不出话了。嗓子里只会发出沙哑而难听的"呜呜呀呀"之声了。蓝海洋就只得在一棵百年古槐上瘫软了自己，双翅无力地垂落在树杈之间。

砰——一声枪响，蓝海洋的翅膀被击中了。他"呜呀"一声，绝望地落在了满地的槐花上。

两个猎手跑了过来。猎手本来是捕猎那一大群小鸟儿的，没想到蓝海洋来了，鸟儿们意外地得救了。鸟儿群飞走了，蓝海洋竟成了猎手的收获。

两个猎手把蓝海洋又带回了我们这座城市，把他卖给了刚刚建起的公园。饲养员把他放在了一个特别的铁笼里。

从此，我们这座无鸟之城有了一只鸟儿，而且还是只人鸟儿。

谋杀自己

我是在一个早晨发现我自己的。那是一个很平常的早晨，我在六点半准时醒来。令我吃惊的是，一个男人很突兀地坐在我的床前。我一骨碌爬起来，揉揉眼睛很戒备地厉声问，你是谁？

我是你。那男人一动不动微笑而答。

我是谁？我又问。

你是我。那男人又答。

我仔细地打量着面前的男人，一身深黑色的皮尔·卡丹西服，一条浅黄色的镶白花的丝绸领带，配着一双很劣质的无牌子的皮鞋，这正是我的装束。再往脸上看，宽脸颊，厚嘴唇，细眼睛，这正是我的尊容。我认出了我自己，于是我上前跟我自己握手。

坐在床头，我和我自己兴奋地交谈起来。我说，我想在这个夏天进行一次远游，因为我在这个城市待得太久了。在一个地方待得太久对于一个人来说不是好事，我想出去看看。我说，我们公司经理不欣赏我因为我工作干得很好却不买他的账，他想解雇我，可他的女儿妙龄正在跟我死去活来地谈恋爱，所以直到现在我还占着那个办公室主任的位置。我还说，我想出去看看，可经理不让我去妙龄也不让我去，经理怕我耽误工作妙龄舍不得我走。我常暗自琢磨如果我能再变出一个我来，一个留在班上，一个出去游玩才好呢！我这样想了，今天就真的变成了现实，真是再好不过的事了！

我说这一长串话的时候，我自己的手被我攥得生疼摇得生疼。我自己看着我孩子样天真的神情，对我宽厚地一笑，有我在，你放心地去吧！

打点行装，我开始了计划中的远行。先由北向南，再由东向西，我的行程漫长而遥远。我像一个行吟诗人将激情涂抹在了山水之间。我每天晚上把电话打到我家，我听我自己汇报工作和恋爱进程。我自己说，他每天坐在我的位置上像我一样努力工作，他很谦逊地为经理服务陪他谈生意做买卖聊天下棋，还陪他进舞厅洗桑拿泡小姐，经理直夸他像换了一个人似的。我自己还向我汇报他与妙龄的关系按照我的预想稳妥而热烈地向前发展，他们拥抱接吻差不多已谈到结婚分房子这样实质性的问题了。

我很满意这样的进程。有了我自己的顶替，我既可放心而轻松地游玩，又可毫无损失地拿到我那份不菲的薪水，甚至还可能有升迁的机会。我很佩服我自己的能力。

我开始怀疑我自己是在出现了连续五次我家电话没人接的情况之后。我已经改变了方式，将一天打一电话改为每到一个新地方打一电话。也就是说，我在游览五个城市的很长一段时间里与我自己失去了联系，每次都只能听到简明扼要的录音电话：我与经理去开发区，请留言。我和妙龄去看电影，请留言。经理带我去学习考察，请留言。妙龄与我去看新房子，后天我们结婚，请留言。今天我们去医院，请留言……

我的心里长了草。我产生了一系列的疑问：我这样放手让我自己去发展是不是一个错误？我和我自己到底是一个人还是两个人？我自己受到经理赏识会不会动摇我的位置？我自己与妙龄结婚我算不算戴绿帽子？这样的疑问一产生，我就失去了游玩的雅兴，对山川河湖风花雪月开始倦怠起来。

就在我的旅行将要进入最后一站——西藏的时候，我迷途而知返。我放弃了对这块神奇而迷人的土地的探索，乘飞机飞回了我出发的那座城市。

回到家里，我自己不在。从床上和写字台的灰尘看，我自己已有好长一段时间没回来了。我把电话打到办公室，我自己仍不在。问别人，别人说正在经理室。

我决定去班上。我直奔经理室，叩门而进，我看到我自己正坐在经理的位置上与办公室我原来的一位部下谈话呢！见我进来，我自己和那部下都很惊愕。尤其是那位部下，望望我，望望我自己，满腹的困惑就写在了脸上。我只好说，我从乡下来，来看看我哥！

那位部下走后，我自己边沏茶倒水边告诉我，经理在一次车祸中死去了，我自己已升为经理。刚才那位部下是新的办公室主任。我自己还告诉我，妙龄已有两个月的身孕了……

我把茶杯摔在了地上，热水洒了我一脚，我被烫得一咧嘴。我清醒地认识到：我和我自己已经分离，我是我，他是他。不管是从心理上、生理上还是事实上，我们都不可能再合二为一了。我突然感到一阵贯穿骨髓的悲伤。

回到家里，我闭门进行了长时间的思考，一个新的计划酝酿成熟。我准备好一桌酒菜，然后我给我自己发了一条信息：晚上请回家吃饭。

我自己果然来了，还带来了一兜水果。寒暄过后，我拿出青海的青稞酒。我和我自己相对畅饮。我说起秦川古道大漠孤烟和吴侬软语，我自己说起人事沧桑商海沉浮和机构改革。两瓶酒很快底朝了天。这时，我醉眼迷蒙地问我自己，你是谁？我自己答，我是我。我又问，我是谁？我自己又答，你是你。说完之后，我自己便酒力发作，扑通一声瘫软在地。

完了——我又一次痛彻地感到：我真的是我，他真的是他。看来解决我们合二为一的问题只有一个办法了。我知道我必须采取那个行动了。

我拖起那个醉我，一直拖到洗手间，我把他扔进了浴池。我拿来一个早已备好的电锯，我向我自己下了手……

我肢解了我自己，我谋杀了我自己。我看到我自己的血盈满了整个浴池。第二天，我步履轻快地去公司上班。坐在经理室里，我挂通了妙龄的电话，我要告诉她，今天是我的生日。

丢 失

　　在一个星期天，我忽然想起了早些天与一个叫简洁的女人的约会。约会的内容我已经记不清了，我只知道我们约定的时间是这个星期天的下午两点钟。叫简洁的女人不但人长得简洁干练，就连说话也很简洁。她对我说到时你一定要来，我在家等你，你不来一定会后悔一辈子的。为了不让我自己后悔一辈子，我决定午饭后依约去见简洁。老实说，我对简洁的印象是很好的。

　　可是就在中午我却听到了很急促的敲门声。是我的三个酒肉朋友邀我去喝酒。我说我不去了我有要紧事呢。朋友们说有要紧事也得吃午饭呀，吃完午饭再办要紧事也不迟呀！不由分说他们把我拉下楼塞进汽车，一溜烟就把我拉到了极乐天大酒楼。

　　我是那种平时不沾酒一沾酒就把不住自己的人。人家好心请客你再谦虚谨慎就显得不随波逐流了，在这个社会不随波逐流是不大好的。朋友们左一杯右一杯推杯换盏，很快我就有点头晕目眩了。

　　时钟敲响两下的时候，我突然想起和那个叫简洁的女人的约会。我摇摆着身子僵硬着舌头向哥几个和姐几个告辞。他们说你有事就去吧，办完事再回来。我就轻飘飘地出了包间出了酒楼。妈的，酒这东西可真是好东西！我记得我下楼时闹了个趔趄，闹了个趔趄的时候我还嘟囔了这么一句话。

　　我怎么来的呢？我怎么来的呢？尽管我轻飘飘的，但我仍然知道自己不是驾云而来的。我一摸上衣兜里硬硬的钥匙，是摩托车的钥匙。噢，对了，我是骑摩托车来的。想到这一点时，就看见我那辆放在酒楼门口的摩托车。没错，就是我那辆，红色的，五羊"125"，油箱上掉了一块勺子般大小的漆。我插上钥匙，打着火，然后一劈腿骑上，一加油门飞走了。

来到简洁家里的时候，简洁的客厅里已经坐满了人。男的女的老的少的都有，就是没有一个我认识的。简洁给我一一介绍。被介绍的人一一过来同我握手，很严肃很庄重的样子。简洁把一只椅子放在我的屁股下面。简洁说我今天约你来，就是让你加入我们的行列搞传销。你看这些人都是我的下线，你也是我的下线。你知道吗？传销是咱们工薪阶层最后一次暴富的机会。你甭看你在银行上班，但你没房子没车子没位子，为什么？你缺钱。在现在这个社会缺钱就缺少一切。搞传销会使你成为百万富翁，会让你拥有汽车别墅，会让你实现出国梦想，甚至可以让你拥有很多情人。我的上线已经升为红宝石经理了，每月能拿到五万元奖金。你想一月五万，一年就是六十万呢！简洁说这些话的时候，我看见她晶莹的大眼睛里放出了红宝石样的光芒，我就觉得一座金山银山已经摆在了我的眼前。我满怀豪情把头一昂说好，我加入！简洁说那你先交五百元会费吧！从此后你就不用总后悔没有机会发财了。简洁说着话冲我绽出一朵很迷人很芬芳的笑，我想认识简洁的笑比认识简洁本人要重要。

可我一旦明白简洁约我来只是为搞传销而没有别的想法后，我就觉得去找我的三位酒肉朋友继续喝酒比搞传销重要得多。我握别简洁肉乎乎的小手骑上摩托车重回极乐天大酒楼。我知道我的朋友们仍在等我。摩托车在我的身下风驰电掣，我如飞上云端一样。

到了酒楼门前，我下车后发现插在锁孔上的钥匙不见了，而车还在发动着，嘟嘟嘟，没法熄火。我焦急万分，急出了满脑袋头发，我只好叫门卫看着，自己奔跑上楼。我要找朋友们想想办法。

我进了中午我们喝酒的房间，那里早已空无一人。我问扫地的服务员，刚才在这里喝酒的那一帮人哪里去了？服务员说没有人在这屋喝酒呀，今天我们酒楼根本就没开业！我说你瞎说，明明我在这屋喝酒了，四个男人我还喝多了呢！服务员说你真是喝多了，要不自己瞎说还怎么说别人瞎说呢？

我悻悻下楼。我发现我那辆嘟嘟响的摩托车不见了。我急赤白脸地问门卫，我的摩托车哪里去了？门卫说我怎么知道呢？这里根本就没什么摩托车，我们酒楼门前严禁停放自行车和摩托车，怎么会有你的摩托车呢？真是笑话！

　　我一下子瘫软在地。屁股被一块石子硌得生疼，疼得我一咧嘴。就在这时我想起我真的没骑摩托车来，我是中午被朋友们用汽车拉来的。可刚那摩托车又是怎么回事呢？明明是我在我家楼下小房子里放的那辆车，一样的牌子，一样的颜色，连油箱上掉落的那块勺子般大小的漆都是一样的。妈的，怎么说有就有，说没有就没有了呢？奇怪！

　　我在大街上一扬手，拦住了一辆出租车。没办法，我只有打的回家。

出售哭声

　　我是在一个偶然的机会发现我的哭泣才能的。那天早上我和老婆吵了一架，就去找几个哥们儿打麻将了。自从下岗以后，我老婆经常和我吵架。吵了架，我就出去打麻将。不打麻将干什么？现在这年头经济疲软，买卖不好做，在家里又憋得难受，不如娱乐娱乐开开心，赶上点儿顺，也许能赢个百八十的。可偏偏那天我特别背，坐下来三圈不开糊，没到中午五百块钱就输光了。我就离了牌局，在大街上闲逛。过了晌午，肚子饿了，家又不能回，我就产生了一种英雄气短的悲壮感。就在这时，我听到了阵阵悲哀的哭声。原来，前面过道口有一家死了人。灵棚下人头攒动，吊唁的人络绎不绝。那死人的悲哀就刺激了我，与我输钱的悲哀、下岗的悲哀就汇集成了一种三重的悲哀，我知道我非哭不可了。我就一头扎进了灵棚，在死人的灵前号啕大哭起来。我不知哭了多长时间，也不知道哭的什么，只知道哭得痛快淋漓，心情舒畅，并且压过了所有的哭声。终于有人来拉我了，那人劝道，亲戚，起来吧，别哭坏了身体，戴上孝跟我去吃饭吧！说着那人就给了我一个白孝帽，领着我进了院里，来到了餐桌前。我就这样在孝子们中间混了一顿酒饭。

　　我就是在这时发现我的哭泣才能，并且萌生创办替哭公司念头的。既然哭声能赚来酒饭，也一定能赚来金钱。我在临道的街上租了一间门脸，安了电话，做了一个广告牌子，又招聘了几个下岗女工，"让你乐替哭公司"就算成立了，当了四十年工人的我就荣升了公司总经理。

　　我公司第一次业务做的是一个建筑大腕儿的活。那大腕儿的母亲享年八十，无疾而终。大腕儿一家在老人生前照顾周到，赡养得很好，可就是在老人死后哭不出来。他要求我替他哭娘，那几个下岗女工替他的女人哭婆婆。出殡那天，我戴上重孝陪在大腕儿身边，我的那几个员工陪在他女人身边。我们痛哭流涕，大放悲声，从县城里一直哭到大腕儿乡下的祖坟，替大腕儿在乡亲们面前挣足了面子。大腕儿出手很大方，一下子甩给我们五千块。

从那开始，我知道这世界需要哭声。在这快节奏、高效率的社会，人们愿意购买哭声献给死去的亲人和朋友，好自己省下力气去干比哭泣更重要的事情。我们开始潜心研究哭的艺术：凄惨的哭，温和的哭，寻死觅活的哭，歇斯底里的哭；长哭，短哭；卖力的哭，省劲的哭；平铺直叙的哭，一波三折的哭，如丧考妣的哭，无关痛痒的哭……只要客户需要，只要价钱合理，我们会适时地奉上我们的哭声，不管什么样的身份，不论什么样的场合，我们都会按照客户的要求，制造出满意的哭声的。因此，我们的生意一直很火爆，每天的日程表都排得满满的。我们的收入也很可观。每次分红的时候，我总是对我的员工们下指示，我说，咱们干的是良心活、辛苦活，你们干活的时候千万记住，既不能敷衍了事，又不能少收费，违者扣钱！我的员工们就鸡啄米似的点头。

但日子长了难免有例外。一次是某局的一位领导妻子病故，打电话要我们去替哭。我就派了两个女员工去做这活。回来后一个就揭露另一个因与死者沾点亲就想少收钱，另一个就反映这一个不用嗓子哭，怀里揣上了一个放音机，用平时练哭的声音骗人家。我听了她们的汇报没有表态，而是沉着地问，钱少收了吗？她们说没有。我说，钱没少收就算了，反正那人对他妻子也不是真心，听说他老去泡小姐，还骗他妻子说是加班。以骗制骗，也不为过，也不处分你俩了。我就如数分给了她们工钱。

另一次是乡下一对哑巴夫妇的老爹去世了，开着一辆三轮车来接我们去替哭。我们全员出动，替那哑巴哭得情真意切，天昏地暗，一村人都跟着抹眼泪。出完殡结账时，操办丧事的人对我说，死的这老头不是哑巴的亲爹，是他们养的一个孤老头子。还说哑巴很困难，为办丧事借了不少钱，经理你看能不能少收点钱？我听了以后，望望我哭肿了眼的员工们，把手一挥说，难得哑巴这份孝心，钱分文不收了！回公司后，我按规定扣了自己的工钱。

就在我的替哭公司成立一周年那天晚上，我把一年的收入交给了老婆。老婆给我做了一顿丰盛的晚餐。她喜眉笑眼地替我夹菜劝酒，我就一杯一杯地喝着，享受着这久违了的温柔。老婆说，我不和你吵架了，难道你不高兴？我说，我很高兴呀！那你怎么老哭丧着脸？没有呀，我一直在笑呀！老婆就把镜子甩在我的面前，你看你是在笑吗？我照照镜子，我确实是一副哭相。为逗老婆高兴，我就调整面部肌肉，酝酿酝酿感情，用力哈哈大笑起来，可我老婆听到的却是我声嘶力竭的哭声。

我知道，当我将哭的艺术研究得炉火纯青并把它当做商品出售的时候，我再也不会发笑了。

我像只鱼儿在你的荷塘

日子就像这白洋淀的芦苇，一眼望不到边际，有时候连个缝隙都看不到，轻舟在千里堤上开始讲了，他把双拐从腋下抽出来，垫在屁股下面坐好，眼睛就望着他说的那一眼望不到边际的芦苇，他的眼光就被芦苇吸住了。

我是啥时候觉得日子像芦苇的呢？是我被查出患上类风湿关节炎以后。其实这不是啥大病，就是大腿关节疼痛、肿胀、僵硬，还只是早晨有症状，午后就没事了。我就没在意。说实话，我是不愿意去大医院看病，那时候没新农合，看病难啊。我在温泉纤维布厂打工，蓼花在家带着轻清和轻亮。那时候轻清4岁，轻亮才6个月。我一个人的工资，养着全家，哪里还有看病的钱呢？我就在小诊所拿点药片啥的对付着，反正咱也年轻，身大力不亏，兴许挺挺就能过去了。可是，后来就觉得不对劲了。有时候全身发热，体重减轻，下班回来就昏昏欲睡，腿也伸不开了，走路也瘸了，再后来干脆起不来炕了。蓼花用船从白洋淀把我拉到县城码头，用三轮车把我拉到医院去检查，医生说我的病已经转化为股骨头坏死了，而且治不好了。在医院里，在路上我没表现出什么，我甚至还给蓼花讲了个笑话。回到家，当蓼花去厨房给我烧水吃药的时候，我的头抵住了我的腿，只轻轻一抵，我就绷不住了，眼泪像千里堤决口一样，无休无止了。

我哭了大概有五天吧，就觉得眼里再流出来的是血了。我情愿这样流下去，然后流干，然后死掉。蓼花也陪我流泪，也陪我流血，但她说不会陪我死掉的，她流够了泪流够了血，就擦干泪痕和血迹，把我背上木船，青篙一点就下了水，就进了白洋淀。蓼花划着船说，轻舟，我包了一块苇地，你看就是那块——我顺

125

着她的手指望去，我望见了前面十字港汉交汇处的那块苇地，我还望到了苇尖尖上一只红嘴儿小鸟在跳来跳去。

我要在这块苇地上养鸭——蓼花双臂用力一划，小船就抵达了那块苇地。

蓼花就这样挑起了我的担子。她借钱买办了个小鸭厂。她每天天不亮就起床，喂鸭，做饭，伺候两个儿子起床，伺候我们吃饭吃药，然后送轻清轻亮上学，然后还去温泉纤维布厂打零工……渐渐地，在蓼花急匆匆的脚步里，她的纤细的身影变得粗壮了，她的红嘴小鸟儿一样的声音变得浑厚了，她的温柔的小手长成了蒲扇。那不是蓼花，那是我。那是另一个我。

本以为这样的日子慢慢能凑合下去。因为我们已经走出了一片密不透风的苇地，看到了日子里星点的亮光。谁知儿子又出事了。那年的一天中午，轻清放学后，走下堤坡，想划船去鸭场，他想去替蓼花喂鸭子。刚刚拐进一条港道，就被飞驰而来的一艘旅游汽艇给撞了。木船散了架，轻清轻轻的身子飞到了天上，又落到了水里……

轻清的脑子被撞坏了。轻清只能辍学了。本来轻清就一直嚷嚷着辍学去工厂打工，供成绩更好的弟弟上学。蓼花一直没同意。现在可好了，想上学也上不成了。还有刚刚小学毕业的轻亮，全乡考了个第一，恐怕这学也上不成了。

老天爷啊——我爬到堤上，喏，就是现在这个地方。我用拐砸着我的腿，我想把它砸断，砸烂。我恨这双腿。我用带着血迹的双拐指着天空，老天爷啊，这日子还能过吗？这人还能活吗？

蓼花搀着轻清，牵着轻亮，又弯腰扶起了我，将拐顶到了我的后腰上，轻舟，别怪老天爷，家家都有难念的经，咱来世上就是过苦日子来了。苦日子咱们也能过，也能活，听话啊！

蓼花你说得轻巧，你说能过，我就过下去？你说能活，我就活下去？我才不那么傻呢？我苦怕了，也活够了，我折腾不起了。折腾不起，我不折腾还不行吗？我不怨天也不怨地了，我怨我自己命运不济。我一个什么也不能干的瘫子，一个连丈夫义务都不能尽的废人，现在又整天看着一个傻子，我不干了。晚上，在蓼花打起了响亮的鼾声之后，我把我能发现的治疗我双腿的所有的药片胶囊口服液什么的，足有半纸篓子，一起用白酒灌了下去……

结果当然你想到了。我没死。我被送进了医院，被洗了肠，被洗了脑。我又

126

瘫痪着清醒着回到了家。

我不愿意在炕上躺着了，我让蓼花把床铺搬到千里堤上。我在阳光下看着一望无际的芦苇，看了一个月。我就平静地对蓼花说，蓼花，你想让我过，想让我活很容易，你得听我一句话！

蓼花说，只要你不寻短见，你说一千句一万句我都听！

我说，我不说一千句一万句，我就说一句。

你说。

我让你离开我，我们离婚，你带着孩子改嫁吧！

你说的是屁话！

屁话也得说！你不能看着轻清没钱治疗落下残疾，你也不能看着轻亮不能上学落下埋怨，你更不能看见我再次喝药！

蓼花不说话了，过了很久，她才说，好吧，我们离婚！但我也有一个条件，我要带你出嫁——

我吐出了一口长气，我说，随你！

就这样，我们离了婚。就这样，蓼花又结了婚。新郎是温泉纤维布厂的老板温泉。温泉和我和蓼花从小学到初中都是同学，至今还在单身。

蓼花带着我和两个儿子搬进了温泉纤维布厂。我们组成了一个特殊的家庭！

后来的事情你就知道了。报纸上也报道了。带着前夫再嫁，就让蓼花出了名。正像报纸上报道的那样，蓼花依旧照料着我的生活，当然还有那个傻儿子和小儿子轻亮的生活。温泉呢，往我叫哥，他一直往我叫哥。我的儿子们都往他叫叔，当亲叔。

日子过得真快。当白洋淀的芦苇又一次长成这样一眼望不到边际的时候，温泉给我们全家做了一条船。很大很豪华的一条船。船上有宿舍，有餐厅，有洗手间，还有 KTV。我们的船航行在白洋淀的夜色里。荷花淀的香气只有在夜晚才这样浓郁和醉人。在船上，我们为刚刚考上重点大学的轻亮庆贺。温泉和蓼花第一次喝了交杯酒。傻子轻清随着音乐唱起了那首《荷塘月色》：

我像只鱼儿在你的荷塘

　只为和你守候那皎白月光

游过了四季 荷花依然香

127

等你宛在水中央……

那晚，我也喝了几杯酒，我醉倒在了大船上。恍惚间，我滑进了荷塘，我变成了一条自由自在的鱼儿，我的双拐变成了鱼的双鳍……

车祸或者车祸

·

［**叙事**］一个老头横穿马路，被一辆飞驰而来的汽车撞上了。老头摔在地上，死了。

［**说明**］一个头发花白的老头要去公路对面。他家的羊跑出来了，跑到道沟里去吃草。其中一只正在啃树。那是公路边仅存的一棵白杨树。老头急着要过马路去找羊，也急着要过马路去轰羊。

老头要过的马路是一条很宽阔的国道。国道一旁是村庄，一旁盖满了密匝匝的厂房和饭店。工厂的烟囱正冒着滚滚的浓烟，饭店的小姐坐在门口，在向过往车辆招手。这是中午，临近午饭了。

这时，开来了一辆过路的拉煤车。司机是位刚拿到驾照不久的小伙子。小伙子刚度完蜜月就给人拉煤去了。去的是山西大同，来回三天。小伙子急着去送煤，也急着往家赶。在经过岔路口时，小伙子看到了向他招手的饭店小姐，小伙子就愣了一下神，这一愣神之间，出车祸了。

［**描写**］花白头发在正午的阳光下十分醒目，像盐碱地里冒出的一簇倔强的老草。花白头发张望着，移动着，先是犹疑了片刻，接着嘟囔了一句，这不懂事的畜生！嘟囔完，就一步跨上了公路，第二步还没迈出，花白头发就随着一声尖锐而刺耳的刹车声飘了起来，瞬间又落了下去。一种被称做殷红的东西冒着热气，受着阳光的蒸发袅袅地升腾起来，弥散起来。空气里就充满了血液的香甜。

汽车停下了。司机呆滞的目光从车头缓慢地移向几米远的花白头发上，又缓慢地移到拖挂车上，黑色的煤炭零乱地散落在了公路上，像黑色的金子，骨碌着。有一块还骨碌到了公路对面那棵唯一的白杨树下，就惊动了正在埋头啃树的那只羊。那羊惊愕地抬起头来，望着煤块滚来的方向，温柔地咩了一声，又埋下头去。一条新鲜的树皮就被扯了下来，树上留下了一道闪眼的白。

[议论] 目击者一：又出事了，这地方总他妈出事，跟闹鬼似的。前天刚撞死了一个，女的，是饭店里出来的小姐。

目击者二：这路修得不行。靠村太近，也不弄个护栏。交叉路口也没明显标志，真不知收费站收的那些钱都哪里去了？

目击者三：这司机怎么开的车？见了人也不鸣笛，愣往人身上撞。哎哟，完了，他鸣笛老白头也听不见，他那耳朵早些年被国民党的枪弹震聋了。聋了你小子也不能往人身上撞呀！揍他，揍死他，让他一命偿一命得了！

交警：闪开闪开，出个车祸有什么看头？乱挤，乱挤又出车祸了！你别怪我，我们也不容易。哪一天都有车祸，哪个路段都有车祸，哪能一下子来得那么快？你别骂街，骂街我跟你急。我正气儿不顺着呢，我竞聘中队长没竞聘上，让他妈的副县长的儿子挤了，我还想开车撞他去呢！

死者亲属：呜呜，呜呜，爹呀，说不让你养羊，你非养。这么大岁数了，你干吗和自己较劲儿哪！我哥不给你钱花，他是怕媳妇，不是心里没你，你冲闺女我要钱花不就得了？爹呀爹呀，你为羊搭上命值得吗？快！快！乡亲们哪！我爹还有一口气，你们别光看着说废话了，快叫救护车。要是早叫救护车，不早就到医院了吗？

[叙事] 在距车祸发生地五公里处，又有一辆桑塔纳轿车与一辆大型客车相撞。伤亡人数不清。

自杀有罪

　　著名科学家慕容颜博士一生孤独。在他过完五十岁生日以后，他决定结束单身生活。他利用自己的科研成果，采摘自己的细胞成功地复制了一个女婴。五年后，那女婴成长为一个年轻漂亮的女孩。慕容博士就把女孩留在了自己身边，并给她取名叫妩姒。

　　最初的妩姒是单纯快乐的。她照顾博士的饮食起居，跟着博士学文化学科学，很快就成为博士的得力助手。有了红颜相伴，博士严谨呆板的生活出现了活力和激情，他的"关于消除人之贪欲"的科学研究也取得了突飞猛进的进展。

　　那一段时间，实验室里常常飘荡着妩姒婉转悠扬的歌声，以至于博士的另一位助手何其煌总是皱着眉头说，我们的实验室快成练歌房了。每逢这时，博士总是笑吟吟地说，那有什么不好？科学本来就是富于浪漫和幻想的。

　　妩姒变得复杂和忧郁是在慕容博士那晚拒绝她之后。那晚，慕容博士回去得迟了些。走进宿舍门，推开自己的房间，却见妩姒睡在他的床上，他不禁吃了一惊。妩姒有自己的房间，往常他们都是分开睡的，怎么今天……博士正在思忖间，妩姒就一骨碌爬起来，搂住了他的脖子，博士，我等了你很久了。博士望着娇艳的妩姒，他的脸就有点发烫。妩姒，不要这样，你是我的……助手？对不对？妩姒打断博士的话，可我还是你一手抚养大的，我知道你一生孤独，至今没有过女人，你很苦。我一想到这些，就觉得是自己苦一样，博士，我是你的！博士就感动地将妩姒紧拥在了怀里。妩姒就动手来解博士的衣服，博士却拒绝了。

　　妩姒咬了下嘴唇，用遥控打开了电视。一阵雪花闪过之后，电视里出现了不堪入目的画面。博士顿时明白了妩姒今天的反常。他"蹭"地站起来，愤怒地关了电视，质问道，你说，这是从哪里弄来的？妩姒嗫嚅着，眼里蓄满泪水，是……是师兄给我的。胡闹——博士摔门而去。

妩姒很少到实验室来了，慕容博士再也听不见她的歌声了。何其煌也被下了课。从事"消除人之贪欲"的研究，怎么能还让他参与呢？博士再一次陷入孤独之中，而且是更大的孤独。为了保证妩姒不受外来贪的、恶的事物的侵袭，博士用自己几近成功的研究，制成针剂，给妩姒注射了一次。然后又把妩姒的身世告诉了她。博士说，从一个角度说，你是我的妻子，从另一个角度说，你又是我的女儿，还是我的母亲，更是我自己。我抚养你、照顾你、爱你，那是应该的呀，我占有了你，就等于占有了我的亲人，就等于玷污了我自己，你想我能那么办吗？博士说完这些话，妩姒颓然了许久，然后喃喃地说，可我……也是一个独立的个体呀！既然你把我制造出来，我就有权享受作为人的一切的。博士，在这个纷纷扰扰的世界上，人的生活的、生理的、事业的贪欲你怎么能消除得了呢？慕容博士看看刚刚注射过的针管，满怀信心地说，那就让我在你身上做个试验吧！

慕容博士承认他的实验失败是在一个月以后。他去远方参加了一个科学研讨会。会议期间，他就觉得身体隐隐作痛，直觉告诉他，妩姒肯定出事了。会议没结束，他就急匆匆往回赶。进了实验室，他发现他的研究成果已被洗劫一空。拧开宿舍门，他差点气晕过去。宿舍里，妩姒正和何其煌躺在一起……

博士的身体剧烈地疼痛起来，他不能忍受自己试验的失败，更不能忍受妩姒的背叛和何其煌对妩姒对自己的残害和玷污。他狂怒地冲进厨房，拎出一把菜刀，大喊一声，我要杀了你们！何其煌一个机灵，爬起来衣衫不整地就逃了出去。博士就把刀抡向了妩姒……

何其煌以杀人罪起诉了慕容博士。法庭上，博士为自己辩护道，妩姒是用我身上的细胞复制的，我杀她，是在杀我自己，就像自己剪自己的指甲一样，不应负法律责任！法官说，可你还活着呀，你活着，就证明妩姒死了。妩姒是你杀的，这是不是事实？法律只重事实！

慕容颜博士就被判了死刑。

猫世界

猫与鼠

花瓣一胎生了五个孩子。看着五个孩子在胸前钻来钻去，红红的小嘴儿把奶头叼住又放下的急切样子，花瓣就觉得自己该补充一些营养了。

于是，花瓣决定去逮几只老鼠来。

花瓣是一只猫。可是作为猫的花瓣却差不多忘记了逮鼠的营生。从乡下被主人带进城后，住的是高楼大厦，吃的是山珍海味，喝的是玉液琼浆。哪里用得着去辛苦地逮鼠？晚上主人累了，就把她抱在怀里，用手一遍一遍抚摸她花瓣一样光滑斑斓的皮毛，然后拥她进入梦乡。如果不是那只流浪猫黑太岁的上门勾引，如果不是斑点狗的无耻告密，如果不是她变得大腹便便臃肿不堪，主人怎么会赶她走呢？如今黑太岁不知又流浪到哪里去了，只留下她在城郊的涵洞里，独自承担着今后的一切。往昔光彩照人的花瓣开始片片凋零。

凋零的花瓣来到了一座烂尾楼里。她听到了老鼠吱吱的叫声了。花瓣一下子精神抖擞起来。她锐利的眼睛发现了正在破饭盒旁争抢食物的三只老鼠。那是三只刚长全毛的幼鼠。花瓣的胃里就长出了一把钩子，从毛茸茸的嘴里伸出来，飞快地伸到了幼鼠们跟前，三下两下就把两只幼鼠钩到了胃里。等钩子再伸出来去钩第三只鼠时，花瓣却停止了动作。她看到那只幼鼠待在那里，眼睛茫然地望着她。花瓣就收了钩子，伸出母性的舌头去舔舐幼鼠脸上的污物。幼鼠闻到了兄弟们的血腥，闻到了死亡的气息。他一激灵，这才想到了逃亡。花瓣就追。追到了一块楼板的下面，幼鼠不跑了，他伏到一只大鼠的身下，瑟瑟发抖，尾巴也紧紧

133

收缩起来。

花瓣上前，一口就咬住了大鼠，却发现是一只死鼠。鼠头被砸瘪，血迹还没有干涸。花瓣松口，将大鼠翻过来，就带起了大鼠身下的幼鼠。那只幼鼠的小嘴正叼着大鼠干瘪的奶头，花瓣就想到了自己的五个孩子。她吃掉了大鼠，然后把那只幼鼠带回了涵洞。

花瓣把圆鼓鼓的奶子献给了孩子们，也献给了那只幼鼠。花瓣对孩子们说，从今以后，我就是小六的娘，你们就是小六的兄弟。

幼鼠小六在兄弟姐妹的包围里，也变成了一只小花瓣。

猫与狗

斑点听说花瓣收养了一只老鼠，就跑出来看她。斑点来到涵洞的时候，花瓣正带着孩子们翻跟头。整个涵洞里弥漫着猫与鼠欢快的叫声。

斑点就汪汪了两声说，花瓣花瓣，请你出来。

花瓣就跳出涵洞，跳到斑点的背上，前爪挠了斑点一下子，你这奸细不守着主人，来我这儿干什么？

斑点趴在地上，眼睛湿湿地说，主人又有了新欢，一只西施犬，一只京巴狗。我已经狗老珠黄，连从饭店带回来的狗食也吃不上了。

花瓣"咪呜"一声说，活该！

斑点望着涵洞点点头，看你多好，自由了，健壮了，孩子也大了。我也要离开那没良心的主人了。我要过一种自食其力的生活。宠物也不能总希望被人宠着。

还没等花瓣搭话，斑点又说，临走之前，有件事求你。我也快生了，但不知哪只狗做的孽，你能不能替我带带孩子，就当你自己的孩子养着！

花瓣低下头去，看了看斑点硕大的肚子，细眯了眼叹口气，最后还是答应了。

几天以后，涵洞里又多了四只肉乎乎的斑点狗。

猫与猫

黑太岁来向花瓣要孩子。黑太岁说，花瓣我去过你家多次，都没有见到你。是斑点告诉我你在这里的，我就带着蓝丝来看你。

　　黑太岁这样说着，把他身后的一只俄罗斯猫拉到了花瓣跟前。花瓣斜眼瞅瞅这个蓝眼睛蓝身子的蓝丝，想立即冲上去挠烂她的眼睛，可还是忍住了。

　　蓝丝把一条围巾围到了花瓣的脖子上。黑太岁说，这是蓝丝从国外给你带来的。蓝丝说要和你做好朋友的，我们也曾经是好朋友对不对？我们不应互相仇恨对不对？

　　花瓣把猫、鼠、狗们都叫到了涵洞外面。她坐直身子，两只前爪颤抖着，孩子们，这就是我和你们说过的黑太岁！黑太岁，你这回有时间和我讲大道理了？我被主人暴打赶出来的时候你在哪里挥霍堕落？我在涵洞里难产的时候你在哪里寻欢作乐？我忍饥挨饿拉扯孩子的时候你又在哪里潇洒享受？你这没良心的畜——生！花瓣的眼里冒出了火，花瓣的胃里又长出了钩子。花瓣把钩子伸出体外，狠命地钩住了黑太岁的脖子。

　　蓝丝惊叫一声，就要往前冲，被黑太岁拦住了。黑太岁说，我是畜生，但不是没良心。花瓣，我喜欢流浪，也喜欢过你。我为你挨过斑点的咬，为你挨过你家主人的打。那一次我去找你，还没到卧室，就被发现了。狗咬人打，我的下体遭到重创。我被扔到垃圾池旁，是蓝丝在大清早发现了我，是蓝丝的主人救了我。我也有了主人。我不再流浪。我们的主人才是一个好主人，他从不把我们当畜生看待，他照顾我们，理解我们，包括我们的爱……情。我在主人家和蓝丝过着美满幸福的生活，但遗憾的是我已经失去了生育能力。我想要自己的孩子，所以才来找你。花瓣，让我带走孩子吧，我会给他们一个好环境的。你还有鼠儿子和狗儿子。你不会寂寞的！你要是想一起去，也行，鼠和狗就……就扔了吧！

　　花瓣把黑太岁的脖子钩出了血。她又钩下一块肉来。她把肉囵囵着咽了下去。然后发出了泣血的呐喊：想带走孩子，休想！想让我扔了鼠和狗，没门。他们都是我的孩子。我们就是做了孤魂野鬼，也不会跟你走！你们给我滚——

　　鼠、狗、猫们一齐嚷道，滚——

鲁米娜心里的关键词

鲁米娜在单位做打字员十年了，她打印的材料足足有一火车。这一火车材料除了拉走她的青春、爱情，就是给她留下了带病的身体和一个残疾的孩子，还有一份菲薄的收入。然而，最近单位换了领导，听说要清退临时工，以后怕连这份菲薄的收入也保不住了。

鲁米娜坐在电脑旁，心绪不宁。她的手在键盘上随意敲击着。那是一双十分灵巧的手。就是这双手，鱼一样游走在玲珑的键盘上，游走在文字的海里，将一些毫不相干的汉字神奇般地连缀成一篇又一篇的讲话、报告、总结、计划……现在鲁米娜坐在电脑旁，停止了敲击。她想，我十年来都是为别人敲击，我从来没为自己的生活敲击过什么。十年了，和我一起走进这个单位的人有的转了正，有的当了科长、主任。而我呢？十年来默默无闻，甚至有的领导还叫不上我的名字，只知道我叫小鲁。这公平吗？

鲁米娜第一次这么深刻地思考自己的命运，她的血开始上涌，于是她愤怒地在键盘上重重地一击。怪了，电脑显示屏上竟然显示出了两个汉字：转正。这两个字一出现，鲁米娜就感觉到有人进来了，来到了打字室。是单位的人事科长。

人事科长把几张表格放到了鲁米娜面前，笑吟吟地说，小鲁，恭喜你啊，上面批下来几个转正指标，领导们研究了。给你一个，你要请客啊！鲁米娜接过表格，一下子就跳了起来，太好了太好了，你说科长，我在哪里请你？人事科长咧了咧嘴，在哪里都行，不过先请你把脚拿开好吗？我的脚是不是硌得你脚疼？

噢，对不起对不起。鲁米娜连忙找来抹布，蹲下身来给人事科长擦鞋。

鲁米娜一个激灵，睁眼再看键盘，"转正"两个字已经消失了。她摸摸脸，有些发烫，再打量一下自己，竟然衣衫不整了。可屋子里却连个人影也没有。鲁米娜又敲击了几下键盘，打出了三个字：涨工资。盯着这三个字，鲁米娜就觉得这三个字幻化成了三只快乐的小鸟。小鸟飞翔着，鸣唱着，牵引着她来到了会计室，出纳正笑吟吟地等着她。出纳说，鲁姐来支工资吧，你这个月连转正带定级，再加上补发的奖励，一共是 18888 块。鲁米娜颤抖着手在工资表上签完字，便伸手要钱。出纳拿出了一张银行卡，鲁姐，这是你的工资卡，正式工用卡，临时工钱少才领现金。

我是正式工了！鲁米娜哼着小曲儿拿着工资卡回到了家里。晚上她破例主动和丈夫说笑。这在近年来是没有的举动。骑三轮跑出租的丈夫吃惊地问，今天怎么了，有喜事？鲁米娜就吻了一下丈夫说，我涨工资了，连发带补的，一万多呢，你说怎么花？丈夫就说，先给你和孩子看病吧。你看你总是咳嗽不停，可能是呼吸打字室的毒气多了，肺不好。儿子一生下来就有点聋，得抓紧治啊，恐怕这些钱都不够呢！

鲁米娜听了这话，就觉得嗓子眼儿里有点痒，痒得难受，就连续咳了几下。

醒过神来，眼前看到的依然是键盘和显示器屏幕。屏幕上已经出现了保护程序，可她还想着丈夫的话。钱不够钱不够，那怎么办？那就得当领导啊，当领导挣的钱多！这样想着，鲁米娜灵巧的手就又游动了，在键盘上敲击了几下，保护程序消失了，领导出现在屏幕上，而且还是个女领导。怎么这么像自己啊？本来就是你嘛！成了领导的鲁米娜就从屏幕上走下来，走进了领导办公室。秘书、司机和副手们都在等着请示工作。秘书把一周的日程安排拿给她看。她扫了一眼，把手一挥说，重新安排，当前工作的重中之重是立即调整各部门领导班子，清查经费、基建情况！说完，啪的一声，将公文包摔在了宽大的办公桌上。

接下来的事情就顺利多了。一听说调整班子，鲁米娜家门口的车就多起来。

鲁米娜整天在外迎来送往，跑出租的丈夫就成了贤内助……

不久，鲁米娜搬出了那个杂乱的居民区，搬进了跨世纪花园别墅，丈夫买了辆宝马做起了钢材生意，儿子被送到了北京接受治疗……

就在儿子出院、重新耳聪目明的那天，检察院的两辆黑色轿车开到了单位，停在了刚接儿子回来的鲁米娜的车前。鲁米娜眼前一黑，头脑一炸，立即瘫软了身子。过了好长时间，才醒过来。她睁开痴呆呆的双眼，黑色轿车没有了，眼前只有一个黑漆漆的电脑屏幕。她咳嗽着移动鼠标，这才发现自己按错了键，鬼使神差地输入了两个足可以黑屏的汉字：牢狱。

早衰人

　　大头在母亲肚子里待了三年，才被剖腹产出来。当盼子心切的母亲从护士手里抢过带血的大头时，顿时嗷的一声晕死过去。母亲是被大头吓晕过去的。刚生出来的大头长着一颗与细小的四肢极不相称的硕大的头颅，满脸的皱纹似乎已阅尽了世间的沧桑，一双深陷的大眼不错眼珠地瞪着，不哭，不笑，也不闹。三年怀胎，你怎么就生了这么个怪物——父亲迈进产房撂下这句话，就头也不回地跑出了医院。

　　其实大头也不愿让父母看到这副模样，因此他才在母亲的肚子里赖了三年。如果不是医院强制使用剖腹产，他还要继续赖下去。赖在母亲身上的日子里，他经常以母亲的羊水为镜，透视自己奇异的长相，他为自己的丑陋感到不安。没有原因，大头注定会成为大头，注定会被剖腹产出来，注定会见到这世上那些他似曾相见又不愿见到的所有的人和所有的事。

　　大头不吃母亲的奶，他不愿让母亲产生喂他像喂一个小老头般的感觉。他总是吃祖母给他买来的奶粉。大头也不和父母睡，他怕父母为他吵架。每到晚上，他就依偎在祖母的怀里，有时会很快睡去，有时也睡不着，就用小手拍着大脑袋想心事。这时，他就觉得自己不是个小孩子，而真的是一个疲惫不堪的老人了。

　　有天晚上，就是大头睡不着想心事的时候，父母吵起了架。不是为他，是为工作。听着母亲凄厉的哭声，大头心里很不是滋味。他噌地从祖母怀里挣出来，摇摇晃晃地推开了父母的房间。推开父母房间的时候，大头就变成了一个声音身体和容貌都协调的老头了。老头大头就用苍老的声音说，你们别吵了，我有办法

139

让你从乡下调回来，并且当上局长。父亲说，什么办法？老头大头说生命在于运动，当官在于活动，你给管事的人送个红包不就结了嘛！可我哪有钱哪？父亲很悔恨地跺了一下脚，又跺了一下脚。不，你有，老头大头说就在你的手提包里，不信你瞧瞧！父亲就连忙抓过写字台上的手提包，打开一看，果然就有满满一包人民币。父亲惊愕地睁大眼睛，这是哪来的钱？老头大头一摇头，打了个哈欠，声音就又从苍老变成了童稚，俺小孩子怎么知道？困了，俺要睡觉去了！

父亲照着大头的话做了，就果然从乡下调到了城里，就果然当了局长。而且还是个不错的科局。父亲上任的第一天晚上，破例把大头抱到了自己的房间，不仅让他吃了母亲的奶，而且还亲了他满是皱纹的脸。父亲说，儿子，爸爸过几天带你去旅游。大头贪婪地吸吮着母亲香甜的乳汁，吸了好长一段时间，才喘着气说，我不要旅游，我要上学！

大头就上了学。大头那天放学回来，看见母亲在厨房暗自抹泪儿。大头放下书包就问，你怎么哭了？母亲揉了揉眼睛，把一盘豆角放到了锅里，用菜铲胡乱搅着，没什么，今天是你爸爸的生日，我擀好面条等他，他却说不回来了。他可是又一周没回来了，大头，你说这进城和下乡有什么区别？

大头就拍着脑袋想了好一会儿，然后就眨巴着深陷下去的大眼睛，慢吞吞地发出了苍老的声音，我知道他为什么不回家，他每天都和他们单位的孔阿姨在一起，他今晚是去给孔阿姨过生日去了。

放屁——母亲吼了一声，就风风火火地出去了，直到深夜才回来，她的身后跟着垂头丧气的父亲。母亲果然在孔阿姨家找到了父亲。这一晚，父亲被赶到了大头屋里来睡。父亲一把提起大头，凶狠地揍他与大头很不相称的小屁股，你这聪明的小混蛋，都是你小子告的密！大头尖着嗓子挣扎着，俺告什么密，俺一个小孩子知道什么？

大头真是个小孩子，有时也免不了说话不准。就在前些日子，父亲被一桩案子牵扯进去了，检察院调查了他半个月。父亲就半个月没回家。母亲提心吊胆地问大头，大头，你说你爸爸还能回来吗？母亲问这话的时候，大头正在写作业，他头也没抬就尖声细语地说，回来？哼，进去就回不来了！

没想到，第二天，父亲却平安回来了。父亲回来就兴高采烈地将母亲和大头搂在了怀里。父亲说，没事了没事了，案子查清了，我说没事就没事，我有大头保佑呐！对吧，大头？

大头被父亲搂得喘不过气来，他挣脱了父亲的怀抱，尖声叫着，放开我，我要看电视！大头就打开了电视机，29寸的彩电里正播送着一条新闻，那新闻说，世界上存在着一种连医学都不能解释的现象，有的婴儿生下来长着成人的面孔，却有着儿童的心灵，他们内心天真烂漫，外表却饱经沧桑。这种人我们叫他早衰人。

骨牌效应

　　赵前是一个口碑不错的官员。他每天早早地就来到办公室里开始一天的工作。但那天却起得很晚，直到八点才醒来。一看表，坏了，八点半政府主要官员要开一个重要会议，传达上级一个重要文件。会议通知昨晚已让秘书下达了，可文件还在他汽车后备箱的公文包里。赵前一骨碌从床上爬起来。匆匆地洗漱完毕，抹抹有些凌乱的头发，赵前这才出得门来。

　　打开车库，发动车子，出了居民区，上了公路。赵前一看表，八点一刻。他稍稍平静了一下，还有十五分钟，如果不出意外，八点半到达还是不成问题的。即便迟到几分钟，部下们也就是多聊一会儿天，也没什么。只是自己多年来从不迟到的好习惯要打破了。

　　孙荔觉得阵痛比预产期来得早了些。昨晚肚子有一阵疼痛。她掐指算算，日子还不到，就没拿着当回事。还叫上丈夫一起到楼上打了四圈麻将。可早上一起床就感觉有点不对劲了。肚子一阵疼挛，痛得像有只手在搅动。不，是两只手、两条腿在搅动。她知道是孩子在肚里待不住了，要急着来这世界报到了。她一脚把丈夫蹬醒，带着哭腔嚷，死猪，快叫出租车，我坚持不住了——

　　车来了，丈夫抱着孙荔上了出租车。孙荔就在丈夫的肩膀上狠命地咬了一口，丈夫疼得咧着嘴直笑——

　　周妩和郑望在一辆小三轮上急得直看手机。男手和女手不停地在腰间的皮套里掏来掏去，师傅你能不能快点？离火车进站还有二十多分钟，旅游团都等着我们了，这不是车，是他妈的蜗牛！

本来就不是车，是三轮！催什么催？再催我的三轮就让你们催飞了！三轮司机加大油门，回了一下头嘟囔道，知道赶火车坐出租车啊，出租车快！

郑望不吱声了。不是不想坐出租，是坐出租没人给报销。坐出租车得二十元，坐三轮才五元。省下十五元吃嘛嘛不香啊？本来是公费旅游，说好了单位掏钱，却不给报销出租车费，他妈的太抠门了！这样想着的时候，郑望就有些歉意地看了周妩一眼。后者甩甩染得火一样红的头发，给了前者一个圆润的脊背。

冯晨刚拿到了一个驾照。是托关系花两千块钱买的。冯展开车有个习惯，就是掐算着点儿出门，在时间上从不打出提前量。这成了他锻炼素质和水平的一个运动项目。比如他从炼油厂把一罐油运到加油站需要半小时，他决不提前一分钟出发。他买的运输车是辆新车，性能好，提速快。就意味着他能挤出点时间和网友多聊一会儿天，也意味着在运输途中必须超车或者超速行驶。他已经这样九十九天安全行驶了，再有一天就达到百日无差错无事故了。

他要用这种素质和水平达到全年无差错无事故的纪录，并且还要继续保持下去。他相信自己的能力和技术。可今天却赶上事儿了。不知怎么，路上车辆出奇的多。想超车很不容易，超过一辆又有一辆在前面挡住他，喇叭按得沙哑了也无济于事。他急了，按这样的速度离他自己预定的到达时间显然不能够。况且又碰上了红灯。怎么办？他用力一打方向盘，将车开到了超车道上，一加油门，向前冲去。不想斜对面闯出了一辆风风火火的三轮车……

车祸瞬间发生，立即形成了大堵车。

周妩和郑望没有完成他们的公费旅游。俩人都受了重伤。在后来送往医院的途中，周妩停止了呼吸。火红的头发如今变成了血红。

孙荔也没有如愿赶到医院的产房。她只得把出租车当成了产房，而不懂医学的丈夫无可奈何地当了助产士。孩子呱呱坠地的时候，孙荔对"助产士"恨得咬牙切齿。

与后来的一起恶性事件相比，这些其实算不了什么。由于赵前没能及时把那份重要文件传达下去，也没有采取有力的防范措施，一种新型的病毒悄然袭击了整个城市……

143

不由自主

　　丁冬昨晚喝酒喝得高了点，早晨就起得有些迟。他急匆匆地走到单位门口的时候，心里还直嘀咕，千万别让新来的局长碰上。碰上，这一个月的奖金就没了。

　　丁冬走上台阶，推开厚重的磨砂玻璃门，一下子就和一个人撞上了。抬头一看，靠，真是怕什么有什么，撞上的人正是新来的局长。丁冬就望望局长，不好意思地说，昨晚加班赶了个材料，嘿嘿，嘿……还没嘿嘿完，丁冬就后悔了。这是他原来迟到对老局长常说的一句话，往往是说完这话，老局长就拍拍他的肩膀说，好好好，小丁可要注意身体啊！可新局长来后他已经调离办公室不再写材料而是去搞业务了。新局长没吭声，只是用手抚摸着被丁冬撞疼的肚子细眯了眼看着丁冬笑。笑过之后就说，今天可只有你一人迟到呢！你看都什么时候了，我都要准备去市里开会了！

　　丁冬就赤红着脸逃到了自己的办公室。还没有来得及换工作服，小远就冲开了他的门，科长，鑫盛有限公司的车已经来了，我们进厂调查的事情没有变化吧？丁冬一拍脑袋，就停止了换衣服，果断地说，没变化，定好的事情哪能随便变呢？你去准备文书，我们马上出发！记住，中午赶回来，咱们千万不能在企业吃饭！

　　下乡进厂不在企业吃饭，是丁冬给科里定的规矩。尤其是今天，昨晚的酒精还没有散尽，头还一炸一炸地疼，再吃饭喝酒可就要了命了。回来，一定要回来，就在机关食堂吃点，然后好好地睡上一觉。

可到了中午，鑫盛有限公司的马总怎么也不让走了。他说，老同学，你在我这里吃饭不算腐败，我们是私人宴会，纪检委也查不着你！丁冬坚决地说，不行，我中午有事，一个战友的孩子结婚，你说我不去合适吗？马总哈哈一笑，结婚是礼到人不差的事，他要的是你的礼，不是你的人。再说了，你总是有人请，人家小远哪就轻易在外面吃顿饭呢？你也该关心一下你的部下吧！这样吧，我让司机和小远去随礼，然后到凯撒王大酒店找我们！话都说到这份儿上了，丁冬只好摸着脑袋说，吃饭可以，但我不能喝酒，绝对不能喝酒！马总豪爽地说，好，酒场上还不是听你这科长的？

可到了酒场上，你说听谁的？谁拿着酒瓶子谁说了算。马总找了一帮子人陪客，有同学，有战友，有领导。丁冬先是喝水，后来被人劝着喝了点啤酒，后来又喝了点红酒，再后来一激动喀嚓就又倒上了一茶杯白酒。白酒下去，丁冬的头立马不疼了。马总就说，老同学，这白酒能治病，尤其对头疼病，有明显疗效。丁冬咣一下就又和马总碰了杯！小远大着舌头过来抢过酒杯，科长，下午咱们还有任务，你怎么这么不爱惜自己的身体呢？丁冬又夺回酒杯，有什么任务？咱们今天没下午了。工作诚可贵，身体价更高，朋友要喝酒，二者皆可抛！来，老同学，我们大家一起来一杯！

丁冬就又喝高了。喝高了以后丁冬就对马总说，老马，酒足饭饱了，下面还有什么节目？马总说老同学，我早安排好了，先洗澡，后按摩，然后打麻将！

洗完澡，搓完背，丁冬头脑稍微清醒了些。他看着马总白胖白胖的身子突然就忍不住笑了。马总说你笑什么。丁冬说不笑什么？马总说，你不说我也知道，你想说我怎么看都像头猪对不对？丁冬说我没说。马总说，甭看我胖，可我不笨！不信一会咱们上按摩间，我能来个空中飞人！丁冬说，我看就免了吧，我可是处男呢！马总就哈哈大笑，我今天非让你破了瓜不行！

马总就硬拽着丁冬去按摩房。丁冬嘴里说，我不能去，我真的不能去，那会犯错误的。丁冬的身体却被马总的双手牵引着往上走。一边走马总还一边说，挣钱吃喝，洗澡按摩，这就是猪栏里的理想。可我就是喜欢这种理想生活啊！放开点，没什么，你看这些人，都是干啥的？还不都是和我有相同理想的人？又不是你一个，就别冰清玉洁了，还是一起同流合污吧！

后来丁冬的双腿就把丁冬带到了一个房间门前。一推，还推不动。服务生过来敲门，一个人就急匆匆地往外走，一下子就撞在了丁冬的身上。丁冬刚想发火，却捂住嘴愣住了。你猜那人是谁？竟然是丁冬新来的局长。局长也看见了丁冬，他用手摸着按摩服里鼓起的肚子细眯了眼冲着丁冬笑，笑过之后说，丁冬，你小子怎么又迟到了？

好久没梦到飞翔了

　　姚远方人过四十了，还是个副乡长。这说明，他的仕途已不会有太大的奇迹发生了。

　　其实一开始姚远方还是顺利的。师范毕业后，他被分配在一所中学里做教师，还兼任着学校的团支部书记，经常到乡里去开会。一来二去，和乡里的干部们混熟了。有人就开导他，你看你小伙子要才能有才能，要学历有学历，就真的愿意一辈子当个孩子王？如果出教育口儿来乡政府，三年两年就能弄个副乡长，五年六年混上个书记是不成问题的。那些年正是教师不吃香的时候，教师们纷纷离开教师队伍。姚远方看准了这形势，就开始了出教育口儿的奔波。

　　中秋节，他买了两条烟两瓶酒找了乡党委穆书记，又买了两条烟两瓶酒拜访了县教委杨主任。春节，又把一台大彩电送到了杨主任的家里。一年的工资不够，姚远方还搭上了老母亲卖豆芽的三百块钱。烟酒、彩电就替他把意思表达了。很快，他就被借调到了乡里当统计员。一年后，正式调入乡里当团委书记。同年，姚远方结婚。那段日子，姚远方经常笑醒，说，我梦到飞翔了，长了两只好大的翅膀！

　　姚远方踌躇满志，工作干得分外出色，所领导的乡团委连续三年被评为县里的先进单位，还被地区命名为"青年文明号"。被命名为"青年文明号"以后，姚远方去了趟地区报社。不久，他的事迹就上了报，是三版一个显著位置。有了这些资本以后，年底，姚远方给已当上了组织部长的穆书记汇报工作，临走留下了一部手机。干部调整的时候，手机就让姚远方当上了分管计划生育的副乡长。公布名单的那天，姚远方喝了点儿酒，就早早上了床。他又一次梦到了飞翔。

可好景不长，赶上地市合并，撤乡并镇，领导职数减少，姚副乡长就变成了姚宣传委员，由实职的副科变成了副科待遇。

姚远方沮丧不安。眼看着快登堂入室了，可一阵风刮过，仕途的大门却关上了半边。太没规则了！沮丧归沮丧，姚远方并没有放弃。他知道自己还年轻，还有机会。

机会走来的时候，姚远方正在扶贫村的大棚里帮助农民收木耳。县委副书记带人来视察扶贫村的工作了。穆书记看到自己的老部下在大棚里热成了油焖大虾，就掏出手帕替姚远方擦了一把汗，小姚啊，这木耳好啊，清火排毒，美颜养生，你要是早种两年，我老伴儿也不会毒气攻心住院治病啊！

说者无意，听者有心。姚远方这才知道书记夫人住进了县医院。第二天，他连忙拉来了两筐木耳，还把一个有点厚度的信封丢在沙发上。不久，信封就调整姚远方当了主管土地的副镇长。姚远方这次没喝酒，他来到了祖坟上，在祖宗们面前重重地磕了一个响头。在他磕头的时候，一只红嘴儿画眉唱着动听的歌儿在他头顶飞翔而过。

接下来的事情却并不顺利。一家企业要扩建厂房，姚远方就给批了一块土地。后来才知道这块土地是个老河道，是水利部门明令禁止建造建筑物的地方。得，上边查下来，姚远方挨了个留职察看的处分。

察看期满，穆副书记因年龄和经济问题，退了下来。临退之前，穆副书记向组织部门推荐姚远方当镇长。干部调整完毕，姚远方未能如愿，平调到一个小乡，又当上了分管计划生育的副乡长。开出调令的那天，正好是姚远方四十岁的生日。

晚上，姚远方没在家过生日，他请退下来的穆副书记去了一家小酒馆。两人谈得甚是投机，一瓶酒很快就见底儿了。看着姚远方苦恼的样子，穆副书记以一个过来人的口吻开导他，小姚啊，你有上进心想当领导做点事是对的，可如何当上领导是一门学问，大学问。即便弄通这门学问，当上了领导，在官场上混，你以为就容易？当一个好领导，当一个想给人们干点事的领导，难啊！

老领导说完，就颤抖着手端起最后一杯酒和姚远方狠狠地碰了一下，然后，两人一饮而尽。

那晚，他又梦到自己长了翅膀，飞翔在了家乡明净高远的天空。

这样的飞翔，姚远方好久没有梦到了。

谁送你上路

该上路了，你走好。

可你实在是不甘心离开这个世界呀！对于你来说，这世界太美好、太生动、太具诱惑力了，然而，你却不得不上路去另一个更美好的世界了。在那辆黑色的吉普车迎面向你撞来的一刹那，你的脑子里刷地亮起了一道白光，你看清了自始至终笼罩在你身上的那个黑色的魔影。那魔影使你惊诧、慌乱、木然，你根本就没有想到要逃避，你只有被车撞倒，碾过，你只有喋血仆地，最后，你只有上路了。

但，且慢，你还想到你的办公室去看一看。那是局长办公室，一个带卫生间、洗浴室、会客室的大套间。你就在那张楠木办公桌上办公，你的身后是中国地图和世界地图，你的左侧是默然肃立的国旗。最初，你就是在那张办公桌上接了金唯的一条金项链的。当时，金唯红着脸吭哧着说，罗局长，你家老二要上大学了，这就算作哥哥的一点心意吧，请你转给她！你推辞不过，就笑着收了。不久，金唯就从乡下基层调进了城里机关。后来，你又在那张办公桌上接了金唯的一个牛皮纸信封。金唯说，罗局长，听说你老伴儿病了，我也没时间去看看，这点儿钱你就给大姨买点儿滋补品吧！你望着金唯急出了汗的样子，觉得拒绝部下的好意就是对部下的伤害。为了不伤害部下，你又笑着收了。不久，金唯科员就被提升为金唯科长。后来，你还是在这张办公桌上接了金唯送你的一张去新、马、泰旅游的机票和一张牡丹卡。金唯说，罗局长，你总在家闭关锁国，不适应改革开放的大好形势，该走出国门学习学习了，这对工作有利！这时，你早就把金唯当成是自家人了，自家人安排的活动不参加就是外待着自家人。于是，你欣然前往。你回国后，局里那位临时代你主持日常工作的副局长突发心脏病，抢救无效，死了。你就向上级打了个报告，提金唯当了副局长。

应该说，金唯在业务上是有一套的。应该说，你和金唯工作上的配合是默契的。金唯提升副局长的第二年，你们局评上了省里的先进。就在年终总结表彰会结束的那天晚上，你们喝完酒，金唯开车把你拉到了极乐天洗浴城。你们洗了澡，搓了背，金唯又请你去楼上按摩。你说，不了，今天喝酒太多，就免了吧。何况我这把年纪了，影响不好！金唯说，都什么年代了，你还这么想不开。看来你那趟国是白出了。来，我也去，咱轻松轻松！金唯让服务生给你换上了花格的按摩服，然后搀着你上楼，进了彩灯朦胧的按摩间，叫了一位染了棕色头发的小姐……

就在"按摩"进行得如火如荼的时候，突然闯进来两个公安，你就那样糊里糊涂地被带进了局子里。当金唯副局长拿钱来"赎"你出去的时候，你黑虎着脸问，怎么你没事儿？金唯拍打着自己的脑袋，一副懊悔不迭的样子，嗨——我在按摩间里正想按摩，一个哥们儿打我手机说有点急事，我就带着司机出去了一下，谁知回来你就……

你就突然间明白了什么，但你没言语，你只是长长地出了一口气。你闻得出，那口长气里仍带着酒味儿。

你的局长再不能当下去了。市纪委找你谈了话，给你提了一个副处级调研员，很体面地让你退了下去。临退之前，你推荐了另一位副局长接了你的班。新局长上任，仍然保留了你的办公室。这让你得到了莫大的安慰。

可金唯副局长却歇了两个月的病假。

随后就是那个结局的到来。尽管你有预感，但也不会想到来得这么快，就像当初你不会想到会退下去这么快一样。那天傍晚，你吃完饭要到对面的公园去练太极拳。出了家门，你一眼就瞥见了那辆停在公路旁的吉普车，黑色的吉普车。你感觉这吉普车跟你也许有点关系，就犹豫了一会儿。犹豫了一会儿之后，你还是迈开步子向前走去。你就看到了那辆吉普车也发动了。它先是退了一段，然后就加了速度，呼啸着冲你开来。你根本就没有想到要逃避，你只有被车撞倒，碾过，然后喋血仆地。

当家人们赶来时，你已是气息奄奄。你看到那个自始至终笼罩在你身上的黑色的魔影在催你上路。你想喊出他的名字，但你终究没喊出。

在家人血色的哭声中，你被那个魔影送着上路了。

蓝晶晶变成哑巴的过程

蓝晶晶读大学的时候，能歌善舞，能写会画，特别是擅长演讲，多次在学校内外组织的演讲比赛中获得各种奖项。因此毕业后，她被顺利地分在了一个很不错的单位上班。

在单位里，蓝晶晶充分展示了自己的特长。单位有什么社会活动、公益活动需要演出抛头露面的，局里就都安排她去，她也果真不负众望，能给单位挣回一些荣誉来。一时间，蓝晶晶成为单位众人瞩目的人物。可时间久了，矛盾就来了。因为经常代表局里参加活动，科里的事情难免就被耽误。科长不高兴了。科长找她谈话说，蓝晶晶，咱不能种了别人的责任田，荒了自己的自留地啊！那时，心直口快的蓝晶晶就回了一句，哎，科长，科里的工作是工作，局里的工作也是工作啊，你怎么就这么狭隘啊！科长咽了口唾沫，脖子拧了拧，你瞧瞧你整天不是唱歌就是跳舞的，上班迟到不说，来了就开音乐，咱科里都成歌厅和舞场了。那叫个人爱好，自由发挥，你想唱想跳，你也来啊，我又没干涉你！蓝晶晶的伶牙俐齿派上了用场。科长咽下去的那口唾沫就堵在嗓子眼里上也上不去下也下不来了。偏就在这时蓝晶晶的对象来找她，她啪的一声又把电脑的音乐打开了，流行的刀郎就憋足了劲把《情人》甩了出来：你是我的情人，像玫瑰花一样的女人……

年底的时候，像玫瑰花一样的女人蓝晶晶就从她所在的业务科室调到了工会。工会就一个快退休的工会主席和她两个人，清闲得很。这回轮到蓝晶晶咽唾沫了，而且不单单是唾沫，还有痰，很浓很稠的痰。那痰好多天就在她的嗓子眼里盘桓旋转，咳出去又长出来。蓝晶晶的歌声就喑哑了许多，舞姿就迟钝了许多。

蓝晶晶不服气，就找到了局长问情况。局长说，局里也得尊重科里的意见啊，况且工会也适合发挥你的特长，这不，市总工会正组织庆"五一"演讲比赛，你正有时间准备参赛了，放心，拿了名次，有机会我会考虑给你调整的。

蓝晶晶受到了局长的鼓励，就满心欢喜地准备演讲去了。自己写稿，自己排练，准备得很辛苦也很充足，结果在那次演讲活动中拿了第一名。紧接着就是庆"七一"、"八一"、"十一"，庆元旦，庆春节，蓝晶晶马不停蹄，嗓不停歇，嗓子累啊。有时沙哑、肿痛，她就吃几片消炎药顶着。可她心里是愉快的。她想：我这样一次次为局里争荣誉，不就是为着调出工会不再这样辛苦了吗？

可谁知又一次调整人员，蓝晶晶还是留在了工会。原因是蓝晶晶没有业务考试合格证书，而没有上级承认的业务考试合格证书是不能到执法岗位工作的，只能待在非业务科室。蓝晶晶得到这一消息后，风风火火地去找局长，赶上正副局长都在，正开局务会。蓝晶晶就把一摞获奖证书摔在了局长办公桌上，一下子就泪流满面了，你们领导们说，这些证书抵不上一个业务证书吗？我是因为这些证书才耽误业务考试的，我为谁？为的是局里，你们这样做是压制人才啊！以后外面再有活动求求你们别再哄我参加了，好吗？她说"好吗"的时候，情不自禁地把头一甩，把脚一跺，把"吗"字提高了十六度，嗓子颤抖得有点撕裂了。

最后，局里还是把她调出了工会，调到了办公室做内勤，负责接接电话，发发报纸，传传文件什么的。虽说工作复杂点乱点，可比工会热闹多了。蓝晶晶没再吱声，只是暗暗发誓，以后一定要努力学习业务，争取回到原来的科室。

很长一段时间，单位上下没有听到蓝晶晶的歌声，没有看到她的舞姿，也没有听到她激情洋溢的演讲了。直到单位又一次组织大型联欢会，人们才再次看到蓝晶晶闪亮登台。那是一次很重要的联欢会，局里连续圆满完成任务指标，被评为了全国先进单位，当然要庆祝一番，而且市里的主要领导都出席了。本来蓝晶晶决定不出山了，可局长亲自来找她。局长说，小蓝啊，这次非比寻常，本来我想请电视台主持人来的，可放着自己的人才不用，你说这不是浪费吗？你这次可是连当演员又当主持，如果表现得好，说不定领导看中，会把你调到市里工作呢。蓝晶晶就被局长的一番话说动了，一个新的希望又在她的心里生长起来。她答应了，为此准备了精彩的台词和节目。联欢会开始的那天，她还特意照着某著名主持人的样子做了头发和扮相。所以她穿着一袭白色长裙一出场，就赢得了全场热烈的掌声。

可是，意想不到的事情发生了。在介绍领导时，蓝晶晶却笑容可掬声圆音润地把市长介绍成了书记，把书记介绍成了市长。等到局长忙不迭地上台更正时，蓝晶晶才知道自己闯了大祸。轮到她唱歌的时候，本来她要唱一首最拿手的《无所谓》，可一拿话筒，"无"字还没有吐出来，一口鲜血却喷在了话筒上，娇柔的身体随之就软在了舞台上。

几天后，当人们再次看到蓝晶晶时，她已经不会说话了。从此，蓝晶晶只能通过急切的手势和晶亮的眼睛来向这个世界表达了。

如何讲述我和刀哥的故事

那时，我还在副经理的位置上。后勤处主任刀锋送给我一条狗。他说，苏经理，我家的母狗下了一窝小狗，已经断奶了，就给你抱来一条。你刚搬进新居，大院空荡荡的，养条狗，有点什么动静也能报个警！我接过刀锋怀里的小狗，看着它黑漆漆不染一点杂色的绒毛，紧紧握住了刀锋的手，刀哥，太谢谢你了，公司里有什么事需要兄弟，吱一声！

刀锋就憨憨地笑了，没事没事，别以为送你条狗就有什么事，没事呢！只是今晚上想请你吃顿饭。对了，顺便邀请一下咱们经理好吗?

讲述我和刀哥的故事得先明白：刀哥是一个养狗专家。他在公司爱狗是出了名的。他的狗品种齐全，有黑贝、狼青、灵缇，还有哈巴狗、柴狗、牧羊犬。刀哥对我说，我送你的这狗是德国黑贝，你知道我的狗从不送人，都是卖，别人买得三千多块呢！记住，现在先喂奶粉、粥、饼干、蛋糕之类的东西，过一段时间再喂肉食。喂肉食后打一支防疫针，要外国进口的那种，打完第一针十五天后再打第二针。

经理和我在他的办公室里商量工作，却问我对前任经理的看法，经理知道我和前任经理的关系不错。在我回答之前却自己说出了看法，有人到我这里反映那人爱慕虚荣，沽名钓誉，拿着公司里的钱给自己买了很多荣誉，他自己升迁了，却给公司留下一屁股债，是吗?

我没有附和经理的观点，只是说，来说是非者，必是是非人。人走了才反映问题，早干啥去了? 说完这话，我发现经理望了我一眼，随后哈哈大笑，对，我还对这些长舌男说，前任走了你议论，那我走了是不是也议论我啊！

接着我们就商量工作，经理要我修改公司的规章制度，还要我叫刀锋一起研究。

顺便说一句，经理刚调来一个月。

其实讲述刀哥的故事，我可以采用多种方法，但最后还是采用了这片段式的写法。因为我喜欢这种故事结构。还是接着说刀锋爱狗的事吧。他送了朋友一条狗（他说狗从不送人不符合实际，只是很少送人），那狗小的时候看不出啥，长大了却极健美极壮实，又自己花钱买回来当了种狗。还有一次，公司组织中层干部到海南旅游，在天涯海角合影时，却发现他不见了。后来才知道他自己到很远的一个农场看狗去了。归来时，别人买了大兜的热带纪念品，他却抱着一条丑陋的南方狗。

我和刀锋为修改规章制度绞尽脑汁，终于在规定的时间内如期完成。除了修改规章制度之外，我们又按经理的意思，新拟了一个关于取消公司干部出门乘车的规定：凡是副经理以下的干部（含副经理，包括部门经理、各部主任）外出，公司一律不派车，自己乘坐公交车，领八元钱的出差补助。这规定的意思很明白，公司的车只归经理一人调遣了。

规定通过的时候，我发现大家明显和我疏远了。只有刀锋来劝我：苏经理，没事的，削减了一部分人的权利，他们当然不高兴。这是改革，挡不住的！只要经理给咱撑腰，咱就有底气！

他要釜底抽薪呢？我反问刀锋。

讲述我和刀哥的故事，既是在讲述我和公司的故事，也是在讲述我和经理、狗的故事。当刀锋拿着一管进口针剂笑吟吟地出现在我家院落的时候，我才记起黑贝都长成半大狗了，还没打第二支防疫针。刀锋抓住狗的耳朵轻抚一番，然后，在肉厚处将针飞快地扎了进去。那一刻，我发现刀锋的动作利落极了。

刀锋说，我一生只爱狗，不爱别的。苏经理，给，这是钙片，定期给狗喂一些。

新的工作制度推行得很艰难，经理让我和刀锋调查一下群众的反应。刀锋在小本上记了很多条，在向我汇报的时候，他嗫嚅着说，苏经理，财务部尤主任私下议论你，说你狗仗人势。

　　我气得把水笔撅成了两半，这个王八蛋，天天往经理屋里、家里跑，恨不得管经理叫爹，还他奶奶的说我狗仗人势。

　　我就找茬儿和姓尤的打了一架！

　　我在讲述和刀哥的故事的时候，偶尔被别的故事打断。我一直想进入故事的内核，可别的人和事总是掺和进来，致使这故事仍然浮在表面。就在我和姓尤的打架的那天傍晚，我出事了。我给刀哥送我的那条狗喂钙片时，那条外国种的黑贝却突然一声不吭地在我的腿肚子上咬了一口，深深的，四个窟窿。

　　我住进了医院。

　　后来的结果我想你已经猜出来了。我出院后，不再担任副经理，副经理由刀锋接任，同时当上副经理的还有姓尤的主任。

　　我和刀哥的故事只能讲述一遍。如果要我再讲述的话，我就得告诉你：我和刀哥的故事都是我虚构出来的，所有的一切其实都没有发生。即使发生了，也不是发生在我和刀哥身上。就连刀哥送给我的那条狗也不是什么德国黑贝，它其实是一只哈巴狗，不敢咬人的，惹急了顶多会冲你汪汪几声。

生死回眸

一片枯黄的落叶从地上飘起，生长在那光秃秃的枝头，枝头回黄转绿，叶片变得青翠饱满，春雨袭过，嫩芽初绽。在这篇小说里，我们假定时光倒流。

一个生命被子弹洞穿，凋谢在刑场上。透过血痕，我们看到杜君的生命像那片坠落在地的枯叶重又飘起。渗进泥土里已经板结的血块开始变得鲜活，重新聚拢回到他的体内，枪口结疤，杜君坐起、站立、走向来时的路。

杜君从两名警察手中挣脱，离开公判大会会场，回到了监所。头顶上窄小的窗口挤进了几丝光线。他咀嚼着每天只有两顿、每顿只有两个的窝头，难以下咽。他想起了迟志强那著名的歌词："手里呀捧着窝窝头，眼泪止不住地往下流。"杜君就真的流出了眼泪。

你现在流眼泪还有什么用？在审理杜君一案时，县纪委书记气愤而惋惜地说，你是多么的年轻呀！

是呀，杜君很年轻，在任命为县农行主管业务的副行长时，他才三十一岁。三十一岁，金子一样闪光的年华，他真想干一番事业。然而，这个世界对人的诱惑太大了。忍受清苦去奢谈事业必须有超凡的克制力和忍耐性。面对金钱、美女、汽车、洋房的拥抱，杜君眩晕了。一切的一切开始于那次单位盖办公楼。一个建筑队的包工头叩开杜君的家门，送上了一套精美的挂历。更加精美的是挂历里卷裹着的五万元人民币。主管办公楼基建的杜君在那个晚上失眠了，两个杜君打了一夜架，一个杜君要把钱交还包工头，另一个杜君死活不让。结果杜君采取了折中的办法，用妻子的名义将钱存入了另一家银行。不久，工程落在了这个包工头手中。接下来的事情杜君不再失眠。一家企业来请，酒足饭饱之后，将杜君拉进了桑拿浴室，筋酥腿软之后又塞给了他两条香烟。回家一看，每根烟卷都是一张百元钞票。第二天，杜君大笔一挥，批了三百万元贷款。其后便是那个港商找上门来。港商要与杜行长做一笔钢材生意，将杜君带到了香港，五日游后，一把别墅的钥匙攮到了杜君手里。作为回报，杜君挪用了八百万储蓄存款。后来呢？就是刚盖好的办公楼坍塌了一半，三名职工被盖在了楼下。后来呢？就是贷款追不回，挪用的存款没了踪影。再后来呢？就是东窗事发，纪委查处，移交检察机关，杜君进了监所。

在监所里，第一个来看杜君的是他中学时代的班主任，两鬓斑白的班主任什么也没说，只是颤抖着把一张发黄的纸交给了杜君。杜君打开那张纸，是他的入团申请书，右下角那片殷红仍清晰可辨。

杜君回到了美丽的校园。杜君开始了中学生涯，勤奋好学的杜君写了入团申请书。当杜君得知第一批发展团员的名单没他的名字时，他重新写了申请书，并咬破中指，签了名，将它交给了团支书。杜君终于戴上了团徽。杜君在"五讲四美"活动中被评为"先进标兵"，他将拾到的一百元钱交还了失主……

家在农村的父母来了。他们带来了一个大帆布兜。父母说，儿啊，尝尝你小时候最爱吃的煮玉米和烤白薯吧！

面对年迈的父母，杜君以头抵地，跪倒尘埃。

杜君走在家乡的田野上。杜君随着父母去生产队劳动。他看到一群小伙伴挖了白薯，掰了玉米，便尾随着他们。秋深似海，田野寥廓而神秘。一股浓烟袅袅升腾，伙伴们欢呼雀跃，他们在烤玉米、烧白薯。杜君咽了口唾沫，坚决地一转身，跑回大人们劳作的地里，把这事报告了生产队长……

夏夜闷热而漫长，杜君缠绕在父亲的膝上，听父亲讲侠女十三妹的故事，母亲给他扇着蚊子，听着听着，杜君睡着了。睡梦里，杜君越来越小。杜君咿呀学语、蹒跚学步。杜君满地乱爬，嗷嗷待哺。杜君随着母亲的一声泣血的阵痛，降落到这个世界。

此时，一场春雨刚刚滋润院内那片柳芽。

我发现你头上有把刀

神经病——我哥这样说我。

脑子有问题——我嫂也这样说我。

我哥我嫂是在我说了一句真话后才这样说我的。那一天，他们开着一辆奥迪回乡下来看我爹我娘。车停在家门口，喇叭声抻直了一村人的耳朵。村人们都说，你看人家韩家那大小子，局长当着，小车坐着，大兜小包的东西拎着，水葱儿一样的媳妇挎着，多风光，啧啧。

我爹我娘就慈眉善目地把来看我哥的人让进屋，拿出哥哥带来的香烟撒放到人们手中。人们就围上我哥，问他职务的有，同他叙旧的有，求他办事的也有。我哥一副首长派头，挺着鼓起的将军肚，哼啊哈啊地应付着，我爹我娘就立在屋中央生动地笑。

那时，我被挤在墙旮旯里，一眨不眨地望着我哥。望着望着，我就眯起了眼睛。这时，我就发现我哥头上悬着一把刀，很锋利很锋利的一把刀，那刀晃悠着，晃悠着，随时都有可能落下来。发现这一问题后，我就挤到我哥面前，焦急地说，哥，哥，我发现你头上有把刀。

众人的目光就刷地一下子向局长的头上望去。他们没有看见那把刀，他们只看见我哥头顶上有一根竹竿在晃悠着，那是我爹夏天用来挂蚊帐的。

于是，我哥我嫂就说出了开头那两句话。

那天，我哥临回城里的时候，对我爹我娘说，老二的病该去医院里看看了，晚了怕连个对象也说不上呢！我爹我娘连忙点头。我说，我没病，我说的是真话，我真的发现你头上有把刀。

我爹我娘听了我哥的话，他们真的把我带到城里来看病了。在医院里，医生们给我做了脑电图，拍了X光，甚至还做了CT。然后在我的病例本上签了意见。我认得那两个字念"正常"。

晚上我们就住在了我哥家。我哥现在在一个很不错的局里当局长，所以我哥能住一百七十平方米四室两厅的房子，能享受一切现代化的生活。当我坐在我哥家宽敞的客厅里观看那套家庭影院时，我想起了小时候在农村大场里看露天电影的情景。我就对陷进沙发里的我爹我娘说，爹，娘，赶明儿我也当个局长，在咱村里给你们盖一个电影院。我爹我娘就望我一眼，撇撇嘴说，傻小子，别想美事儿了，还是好好地看电视吧！

快吃晚饭的时候，我哥的小车司机来接我们。他把我们送到一个大酒店时，对我嫂子说：韩局长在208房间等着，吃完饭我再来接你们！说完，他就又把小车无声无息地开走了。嫂子把我们领上楼，我哥和一个块头很大的人正在房间里交谈着。见我们进来，那个块头挺大的人慌忙站起来，把我们全让在正座上，然后把眼神递给了我哥，韩局长，可以上菜了吧？我哥就很矜持地点一下头，倾过身子对我爹我娘说，宋经理是咱们县里的大腕儿，他听说您二老来了，非安排一顿便饭不行，老宋这人哪样儿都好，就是这热情太烦人了！我爹我娘也就用乡下人的礼节客气了几句，老宋一边给我们斟水一边把笑脸送到了老人的面前，小意思小意思，能请老爷子老太太吃顿饭是我的造化呢！

那顿便饭上了一些很方便的菜肴，清炖甲鱼，清蒸河蟹，盐水基围虾，还有一盘鹿肉；也上了一瓶很方便的酒，名字很好记，是鬼酒，不，酒鬼。那些很方便的菜我在乡下都吃着不方便，所以我就吃得多了一些，我还破例喝了两杯酒，什么鬼酒，灌到嗓子里火烧火燎得难受！我娘在桌下一劲儿踩我的脚，我说娘，你甭踩我的脚，我顾不了那么许多了！

我吃饱了，我哥和宋老板的酒才进行了一半。不知什么时候他们叫进来一个服务员，那服务员斟一杯他们就喝一杯，真会享受。我就望着宋老板和我哥。望着望着，我就又发现我哥头上那把刀，它晃悠晃悠的，快挨着我哥的头皮了。我想告诉我哥，又怕他们骂我。吃了人家的嘴短，算了算了，还是少扫人家的兴吧！

但最后我还是说了出来。那是吃完饭离开饭店的时候，宋经理把两瓶人参酒和两条红塔山塞给了我哥，韩局长，酒，给老爷子喝，这烟嘛，你就亲自抽吧。说着，他还在烟上重重地拍了两下。我哥轻轻地推托了一下，就让我嫂子收了。就在我哥坐进小轿车的时候，我又看到了车门上悬挂着一把刀。这时，我再也忍不住了，我大声地说，哥，小心，你头上有把刀！

我又一次挨了骂。第二天，我爹我娘就把我带回了乡下。我再也吃不上那样方便的饭菜了。我就馋了许久。

那个深夜的电话铃声响得急促而突然。我迷迷糊糊地起来接电话，是我嫂的声音。老二，你哥犯事了，他……他进去了，那该死的老宋在烟盒里装的不是烟卷，是钱哪！你……你和咱爹咱娘明天快来吧！说完，我嫂已经哭得走了调儿。

我拿着听筒一句话也说不出来。我爹我娘都醒了，他们问我出了什么事，我幸灾乐祸地说，我哥头上那把刀落下来了。

爱情诗

伊妹儿在购物商场家电部当导购。她每天要面对各式各样的顾客。老实的、认真的、世故的、圆滑的、刁钻的……她都要不厌其烦地向他们介绍推销，常常是一天下来，嘴唇儿都磨薄了。如果卖出去的家电多，提成高，她就自己犒劳一下自己，买一个汉堡，来一杯草莓冰淇淋，来滋润滋润磨薄了的嘴唇儿。赶上点儿背，所卖无几，她就郁闷得不行，拉上家具部的妙可儿到扎啤城，咕咚咕咚灌上两扎冰镇啤酒，然后就去慢摇吧随便找一位先生带进去摇上两个小时。

伊妹儿就是在慢摇吧发现那个女学生的。那时候一曲刚歇，伊妹儿和妙可儿从舞池往她们的座位上走。灯光下，她就看见了邻座一男一女很亲昵的两个人。女的很青春，男的年龄要大些。那时候，他们俩人正喝啤酒。

伊妹儿就碰一下妙可儿，让她看。妙可儿说，那女孩我认识，是我妹的同学，职专的学生，常出来的。伊妹儿就左摇一下头，右摇一下头，不停地嘟哝，怎么会是这样呢？怎么会是这样呢？郁闷死了，郁闷死了。妙可儿就用力拍拍她的后背，怎么不会是这样呢？那女学生家庭困难，那男人是搞建筑的款爷。各取所需。你要是心动了，我也给你介绍一个行吗？伊妹儿就痛痛快快地说，敢情好，我正想找个有钱的对象呢！我要是傍一大款，就省得天天磨嘴皮子了！

第二天，妙可儿却没有动静，倒是伊妹儿遇到了一件开心的事情。那是商场快关门的时候，急匆匆地进来了一个五十多岁的顾客买家电，而且是全套的家电。彩电、冰箱、空调、洗衣机、音响，而且也不还价，伊妹儿说是多少钱就是多少钱。结账的时候，那男人从手包里拿出一摞卡，随便抽出来一张，在纸上写了密码，对伊妹儿说，妹子，你就替我刷卡去吧，我去叫车装货！

刷完卡之后，那人却拉着货急匆匆地走了。伊妹儿攥着卡一阵窃喜，有钱真好，有钱就可以买东西不问价，有钱就可以把卡随便给人，有钱真是舒服死了！

下班以后，伊妹儿到柜员机上一查，饿滴神啊，卡里还有十万元呢！伊妹儿高兴地左摇一下头，右摇一下头，不停地嘟哝，怎么会是这样呢？怎么会是这样呢？

伊妹儿就请妙可儿。先是吃肯德基，吃冰淇淋；然后是喝啤酒，再然后去慢摇吧。不过这次她们没用先生带，伊妹儿先生一样甩给售票处一张百元大钞，豪迈地说，不用找了——

从慢摇吧里出来，妙可儿搂着伊妹儿说，怎么样？我给你介绍的那位款儿？伊妹儿嘻嘻哈哈地说，你说话不算话，什么时候给我介绍了？妙可儿就抹一下伊妹儿的脸，你别装傻了，卡都收了人家的了，还不承认？

伊妹儿就挣脱了妙可儿的搂抱，吃惊地望着她，怎么会是这样呢？怎么会是这样呢？妙可儿说，怎么不会是这样呢？你不是答应了吗？伊妹儿说，我随口一说，你还当真了！我就不明白这么好的事情你怎么不自己留着？

妙可儿被噎住了，在夜风中，她的酒劲上来了。她蹲在地上吐了半天，才惨白着脸缓慢地说，本来我是自己想留着的，可留不住了。我跟了那男人两年了，他想换新的了，他就让我给她找，并且说好找到后把现在住的房子给我。他今天去买家电，实际上是看你。看中你后，就把卡留给了你，把家电搬进了新房。她让我告诉你，你如果同意跟他两年，卡和房子就归你。如果今天同意，晚上就可以去新房，他已经在那里等着了……

伊妹儿有点不相信自己的耳朵，她倒退了几步，定定地看了看自己的朋友，觉得妙可儿是如此陌生。她掏出那张银行卡，扔给了妙可儿，可儿，你告诉那个男人，我怕吃苦，但不想糟践自己，我喜欢钱，但不想出卖身体！

伊妹儿扔下妙可儿，坐上了一辆人力三轮车。一辆又一辆的汽车水流一样漫过来，漫过去，灯光交叉缠绕，晃得她眼花缭乱。她干脆闭上了眼睛。汽车好，是别人的，三轮慢，自己掏钱坐着，心里踏实。

现在，伊妹儿仍然在购物商场家电部当导购。她每天要面对各式各样的顾客，不厌其烦地向人介绍推销，常常是一天下来，嘴唇儿都磨薄了。不过，下班以后，她可以回家滋润嘴唇了。她刚刚和商场一个送货工结了婚。那个小伙子身体健康，爱好文学，每天晚上都要给她写一首爱情诗。

与清朝姑娘相遇

　　罗亦然遇到了一个清朝姑娘，并且不可救药地喜欢上了她。

　　说是喜欢，不是爱，是因为罗亦然觉得他们的感情还要发展，还不到说爱的时候。

　　罗亦然是一个对爱情非常认真的人。他大学毕业分到局机关，好心的人们没少给他张罗对象，他都没有看上。不是罗亦然心高气傲，喜欢挑剔，是他自己的心里早有了一个标尺，这标尺就是他大学时的恋人。说是恋人，其实也不完全对，是罗亦然单恋人家。那个同学是苏州人，既有南国女子的清丽，又有几分古典美女的风韵。罗亦然一看到她，就像过电一样，心一下子就从心窝里蹦到了嗓子眼儿，堵得他是干着急，说不出话来。只好在毕业的时候，眼巴巴地看着人家袅袅婷婷风摆杨柳一样挎着另外一个男生弃他而去。那一刻，罗亦然就发誓，非找一个像她那样的女孩不行！但现实生活中两片相同的树叶有的是，两个相同的人你往哪里去找？所以罗亦然耽搁来耽搁去，就成了大龄未婚青年，时间长了，也就冷了找对象的那份心。直到遇到那个清朝姑娘，罗亦然的眼前才为之一亮，才又找到了那份过电的感觉。

　　那一次，他和几个朋友去松花湖饺子城吃饺子。那是一家具有清朝风格的饭店，服务生戴着瓜皮帽招呼客人，服务小姐穿着清朝旗袍，在宫廷音乐声中袅袅婷婷风摆杨柳般在大厅里来回摇曳，真像清朝宫女来到了民间。罗亦然爱情的死灰就复燃了，他的眼睛一顿饭的时间也没有离开过那个 6 号服务员。她长得太像他那个大学恋人了。瞧，那个头，那动作，那笑容，特别是她穿上那身清朝旗袍，就具备了古典美女的风韵，还有她轻描淡妆，就又有了南国女子的清丽。罗亦然用心里那个标尺丈量了一下6号，正好符合那个女同学的标尺。好，就是她了！罗亦然兴奋地一蹾酒瓶子，一桌子的人全都朝他翻白眼。只有那个6号服务员笑容灿烂地来到他的身旁，手拿纸巾替他擦拭迸溅在裤子上的菜汁儿。之后，又把一打纸巾放在了罗亦然的面前。

罗亦然醒过闷儿来，连忙起身往外走。6号服务员却把他叫住了。先生，你的外罩忘穿了。罗亦然接过外罩，就势握住了服务员的手，姑娘，你叫什么名字。我？服务员粲然一笑，我负责6号屋的接待，你就叫我6号吧！罗亦然摇了摇服务员的手，我不叫你6号，我下次来就叫你清朝姑娘，好吗？清朝姑娘就温顺地点头，你叫吧，哥，记住，要常来看看妹子呀！罗亦然就大胆地把清朝姑娘的小手放到嘴上轻吻了一下，转身追赶朋友们去了。

罗亦然果真常去松花湖饺子城了。有人请客他就往那儿领，没人请客他就自己掏钱请自己。每次去，他都坐6号屋，都要让那位清朝姑娘为他服务。时间长了，罗亦然就知道，清朝姑娘果真是南方人，不过不是苏州，是温州的。她大专毕业后，没有找到工作，就来这个城市打工，打工之余，还自学，想报考研究生，到北京读书。罗亦然在喜欢的同时，就又多了一层敬重。他对清朝姑娘说，妹子，你真不容易，有什么困难就和哥说，能帮忙哥肯定帮你！说完这话，趁着没人，罗亦然就笨拙而真诚地将清朝姑娘揽在怀里。清朝姑娘脸就红红的，哥你别这样，让人看见！罗亦然说，我不怕别人看见，我在搞对象谁管得着？说着，把清朝姑娘揽得更紧了。清朝姑娘娇喘着说，哥你干啥要这样呢？罗亦然说，哥喜欢你呗！清朝姑娘说，喜欢我，那你就把我娶回家得了！罗亦然说，我是要娶你，但还不到时候，我们还要发展发展！

后来他们就真的发展了，还发展到了俩人经济不分的地步。那是在清朝姑娘的宿舍里，清朝姑娘偎着罗亦然，羞答答地说，罗哥，你能借我5000块钱吗？

我妈得了乳腺癌，还在医院里化疗，我想凑点钱寄回去！罗亦然就毫不犹豫地把手伸向了钱夹。这时宿舍的门响了，罗亦然身子一抖，钱夹落在了地上。清朝姑娘一边拾起钱夹，一边大声地冲门口喊道，里边有人换衣服，10分钟再来吧！

罗亦然对清朝姑娘的机智很佩服，所以他的喜欢开始向爱发展了。他用自己的全部积蓄购买了一套两居室，装修好，安排齐了家具，就从集体宿舍里搬了出来。他又一次来到了清朝姑娘的6号屋。吃完饭，他就对清朝姑娘说，哎，下了班去我家里怎么样？他没说买房子的事情，他想在向她正式求婚前给她一个惊喜。可清朝姑娘却温柔地拒绝了，不，我今晚有事！

罗亦然就悻悻地回了家。他正没情没绪地欣赏自己的新房时，几个朋友来了，拉着他去了松花湖饺子城对面的红芍药歌舞厅唱歌，说是这里10点以后有很刺激的节目。大家就唱着歌等。10点到了，主持人欣喜若狂地告诉大家，下面请最受欢迎的红舞星白如雪小姐为大家献上一曲激动人心的艳舞！主持人话音未落，穿着暴露的白如雪小姐就袅袅婷婷风摆杨柳一样走上了舞台。随着舞厅内观众的嘶喊和音乐的疯狂，白如雪开始了舞蹈……

对这种节目，罗亦然起初没注意。后来，他偶尔一瞥，就发现了问题。他觉得那个白如雪有点像他的清朝姑娘。这个念头一闪，他就又立刻否定了，不，不会的，她那么一个上进的女孩子怎么会跳这种乌七八糟的舞蹈呢，况且她今天有事出去了。可看着看着，罗亦然又觉得不对劲了，没错，是她，那眼神，那动作，那身体，他是熟悉的。

为了得到进一步的证实，他疯了一样跑到舞厅门卫处，喘息着问，跳舞的女孩是不是那个清朝姑娘？门卫不耐烦地说，什么清朝姑娘？她是对面松花湖饺子城的，白天当服务员，晚上来舞厅跳舞，都半年多了！

罗亦然一下就晕了过去。

影子离我而去

事情就从那个上午开始。是的，那个上午。我和女友去看一场很轰动的电影，《泰坦尼克号》。在检票口，我出示电影票，把门的老太太却把我们拦住了。

你们不能同时进去！老太太说。为什么？我和女友都很惊愕。不为什么？"泰坦尼克号"都沉没了，你们还有心思出双入对吗？你看，哪一个人不是单身出入呢？

我们就向四周打量，很仔细地打量。果然，今天来看电影的，不论男女老少，都是单独行动。一个个鱼一样孤独地游进那个检票口，游进那个大鱼篓。我不知道鱼篓里等着我们的是什么。怎么办？女友问我。我将两手一摊，没办法，或者不看，或者我们分开。女友沉默。我知道她既想看又不愿分开。我们正在热恋。

把门的老太太看我们犹豫不定，就插话道，我有一个办法，只有这个办法。你，那男的，把影子留下！

我看了看我在阳光下黑糊糊的影子。我活了多少年，他就陪伴了我多少年。这能分开吗？我不敢想象。

在我纳闷的时候，老太太已经从口袋里掏出两把水果刀。她说，站好别动。

她就走到我跟前，蹲下身子。她用一把刀子，插进我的影子和地面之间，用另一把刀子在我脚下与影子相连的地方用力划了几下，又环绕影子划了一圈，便很巧妙地把我和影子剥离了。老太太把影子拎起来，放在一把椅子上，对我一挥

168

手，好了，你们可以进去了，出来后，再把影子带走。我试探着挪动脚步，觉得没有影子的身体很轻松，看来形影不离这句话让老太太给改了。我指着女友问老太太，她的影子呢，也留下吧？老太太一撇嘴，女人就是男人的影子，她怎么会有影子呢？我不信。就把女友拉在阳光下。奇怪！她真的没有影子。

我们进了影院，进了那个鱼篓。黑压压的鱼们随着"泰坦尼克号"的浮沉而沉浮。当那艘巨轮终于沉没的时候，女友瘫软在我的怀里。我感觉到她身体在抽搐。

电影散场。我拥着女友，在把门老太太那里拎上我的影子，将他胡乱捆在摩托车的后座上。我发动了摩托车，带着女友来到了影院附近的一家酒店。就在我们放好车要进入酒店时，捆在摩托后座的影子说话了，给我松松绑可以吗？影子的声音微弱而喑哑，我好难受呢，疼。

我看着我可怜兮兮的影子，看着他黑瘦矮小面容模糊的样子，便给他松了绑。我问，你不会离我而去吧？怎么会呢？除非你不再需要我了，影子说。怎么不会呢？你现在已经有另一个影子了，影子又说。

中午那顿自助火锅吃得热烈而舒服。三十块钱一位，啤酒饮料管够。我就多喝了几杯。是的，多喝了几杯。女友说肚子是自己的酒是别人的喝多了不是？女友说看你脚跟都不稳了咱不骑摩托了吧？

没事，我送你回家，我大着舌头说了一句。影子忠实地走过来，小心地扶女友坐好，然后伏在女友身后。我发动车，一加油门，摩托便行驶在了大街上。午后的阳光灼烤着柏油路面，远远望去，路面好像溶化了一般，粘得车轱辘刷啦刷啦直响。

慢点！女友说。慢点，影子说。

没问题，我说。我闯过一个红灯。又闯过一个红灯。女友尖叫一声。又尖叫一声。该拐弯了。不好！前面一个女学生骑着自行车横穿马路。我急踩刹车，咔儿——一声凄厉的摩擦声。没刹住。自行车还是被我撞倒了。我的车子歪了几下，打了一个360度大转弯，竟然没倒。我的酒早醒了大半。迷迷糊糊间，觉得有件东西被抛在了马路上。摸摸身后，女友还在。她肯定早吓晕了。

我稳住神，看看躺倒在地的女学生。血已从她的连衣裙里渗出来，自行车轱辘朝天，歪在一旁。怎么办？我的脑子飞快地旋转。这是一个偏僻的街道。这是一个炎热的中午。行人稀少。怎么办？三十六计，走为上，要不麻烦可就大了。将360度大转弯的车又弯了过来，我再加油门。一溜烟尘，摩托车带着我和女友嘟嘟嘟安全到家。回到家，我才发现，坐在后边的影子被我丢失了。

　　事情就从这时结束。后来，听说一个看不清面容的黑人将女学生送进了医院。后来，女友就和我中止了恋爱关系。从此，我成了一个没有影子的男人。